雲竜

火盗改鬼与力

鳥羽 亮

角川文庫 17233

目次

第一章　凶賊　五
第二章　密偵たち　四九
第三章　蜘蛛《くも》の茂平《もへい》　九八
第四章　手車《てぐるま》の寅《とら》　一四五
第五章　佃《つくだ》の甚蔵《じんぞう》　一九四
第六章　斬首の剣　二四〇

第一章　凶賊

1

戸口の方で足音がした。聞き慣れない草履の音である。急いでいるらしく、小走りに近付いてくる。

雲井竜之介《くもいりゅうのすけ》は夜具から身を起こすと、東側の障子に目をやった。障子が朝日を浴びて白く輝いている。五ツ（午前八時）ごろであろうか。

……寝過ごしたか。

竜之介は身を起こすと、大きく伸びをした。昨夜、遅くまで飲んだせいで目が覚めなかったらしい。

竜之介は柳橋《やなぎばし》の船宿、瀬川屋《せがわや》の裏手の離れにいた。離れといっても、瀬川屋の先代が隠居所として建てた家で、台所の他に居間と四畳半の寝間があるだけである。

竜之介は瀬川屋の常連だった。女将《おかみ》のおいそやあるじの吉造《よしぞう》とも昵懇《じっこん》で、遅くまで飲んだときなど、空き家になっている離れに泊めてくれるのだ。ちかごろは、瀬川屋の離れが、竜之介の隠れ家のようになっていた。

戸口の引き戸のあく音がし、

「雲井さま、起きてますかい」

と、くぐもった声がした。瀬川屋の船頭、平十《へいじゅう》である。

「急ぎの用か」

竜之介は、寝間着を小袖《こそで》に着替えながら訊《き》いた。

「へい、早《はえ》え方が、いいんじゃァねえかと……」

平十の歯切れは悪かった。おそらく、竜之介が着替えているのを知っているのだろう。竜之介は急いで戸口に出た。

平十が土間に立っていた。平十は四十がらみ、丸顔で陽に灼《や》けた浅黒い肌をしていた。短軀《たんく》で、目が丸く小鼻が張っている。平十は「貉《むじな》の平十」と呼ばれていた。容貌《ようぼう》が貉に似ていたからである。

「どうした」

竜之介が訊いた。

「押し込みでさァ」

平十が丸い目をひからせて言った。

「なに、押し込みだと。どこだ」

竜之介の顔がけわしくなった。

「高砂町《たかさごちょう》の米問屋、荒船屋《あらふねや》がやられやした。店の者が何人も殺されてるようですぜ」

「出張《でば》るか」

「へい」

「舟を出せるか」

「すぐに、出せますァ」

「よし、先に桟橋に行っててくれ」

竜之介はすぐに居間にもどって袴《はかま》を穿《は》くと、二刀を腰に帯びて離れから出た。

竜之介は火付盗賊改方《ひつけとうぞくあらためかた》の与力だった。俗に、火盗改《かとうあらため》とも呼ばれている。御頭《おかしら》は、横田《よこ》源太郎松房《たげんたろうよしふさ》である。横田は将軍出陣のおりに先鋒《せんぽう》をつとめる御先手組《おさきてぐみ》、弓組の頭であった。御先手組は、弓組と鉄砲組に分かれ、どちらかの頭が火付盗賊改役の定役《じょうやく》にもついたのである。

頭である火付盗賊改役は、通常「加役《かやく》」とも呼ばれていた。ただし、本来加役は火災の多い冬場だけ定役を補助するための役であった。その他に臨時にもうけられた「増役《ましやく》」もある。そうしたいくつもの役を統合して俗に「加役」と呼んでいたのだが、特に火付盗賊改役を指すようになったのは御先手組の御頭が、火付盗賊改役に出役《でやく》したからではないだろうか。

火付盗賊改方は町奉行所とは異なる特別捜査機関で、その御頭の下に、与力、同心がしたがい、主に火付、盗賊、博奕《ばくち》にかかわる事件の探索、科人《とがにん》の捕縛にあたっていた。活動地域は江戸が主であったが、関八州はもとよりさらに遠方の地へも出向いて、科人の追捕《ついぶ》にあたることもあった。管轄地が江戸市中に限られていた町奉行所より広域で、機動性もあったのである。

竜之介は横田の配下の与力で、召捕《めしとり》・廻《まわ》り方だった。召捕・廻り方は、科人の捜索、捕縛にあたり、与力七騎、同心七人がいた。

竜之介が、瀬川屋の脇から桟橋に出ようとすると、瀬川屋の店先にいた娘のお菊《きく》が、

「あら、雲井さま、お出かけですか」

と、声をかけた。

お菊は十六、瀬川屋のひとり娘である。色白で、ふっくらした頰をしていた。形のいいちいさな唇が赤い花弁のようである。なかなかの美人なのだが、おいそと吉造に可愛がられて育ったせいもあってか、まだ子供らしさが残っている。

「急ぎの用でな」

竜之介はそう言い置き、急いで桟橋にまわった。

瀬川屋は大川端に建っていた。店の脇に桟橋につづく短い石段があり、そこを下り

ると、瀬川屋専用の桟橋に出られる。

瀬川屋は船宿としては大きな店で、専用の桟橋を持っており船頭も三人雇っていた。吉原《よしわら》への客の送迎もおこなっていたのである。

桟橋には数艘《そう》の猪牙舟《ちょきぶね》が舫《もや》ってあった。その一艘の艫《とも》に、平十が棹《さお》を手にして待っていた。他の船頭の姿はなかった。

「雲井さま、乗ってくだせえ」

平十が声をかけた。

竜之介が舟に乗り、船底に腰を下ろすと、平十は巧みに棹をあやつって船縁《ふなべり》を桟橋から離した。

平十はふだん瀬川屋の船頭として働いていたが、竜之介が使っている密偵のひとりだった。

平十は船頭として年季が入っており、猪牙舟の扱いに長《た》け、江戸の河川や掘割のことを知り尽くしていた。ただ、若いころから博奕好きで、金さえあれば賭場《とば》に出入りしているような男であった。

三年ほど前、竜之介たち火盗改が浅草元鳥越町《もととりごえちょう》にあった勢三郎《せいざぶろう》という男が貸元をしていた賭場に手入れをしたとき、竜之介は客のなかに平十がいるのを目にし、

「おめえは、おれの後ろについてな。差口《さしぐち》ってことにしといてやるぜ」

と言って、お縄にしなかった。

差口というのは密告や告げ口という意があり、密偵を意味していたのである。

そのとき、竜之介は平十の船頭としての腕と知識、それに、賭場に出入りしていたことから、博奕打ちや遊び人のことにくわしいのではないかと睨《にら》み、

……密偵《てさき》につかえそうだ。

と、踏んだのである。

その後、平十は瀬川屋の船頭をやりながら竜之介の密偵としてひそかに動いていた。むろん、博奕からは足を洗っている。

瀬川屋のおいそと吉造は、竜之介が火盗改の与力であることは知っていたが、平十が密偵であることまでは知らなかった。瀬川屋の者たちは、平十が猪牙舟の扱いに長けていたので、竜之介が平十を利用しているだけだろうと思っていた。

竜之介が瀬川屋に頻繁に出入りし、離れを使っているのにもわけがあった。一年ほど前、瀬川屋は柳橋で幅をきかせていた地まわりの辰蔵《たつぞう》に、些細《ささい》なことで因縁をつけられ、金を強請《ゆす》られそうになったことがあった。辰蔵が店に顔を出したとき、たまたま客として来ていた竜之介が、辰蔵を捕縛し、難を逃れることができたのだ。

その後、おいそと吉造は、

……雲井さまが店に顔を見せるだけで、ならず者たちは敬遠する。

とみて、何かと竜之介の便宜をはかってくれるようになったのだ。

竜之介にとっても、都合のいいことがあった。瀬川屋にいれば、酒とうまい料理が好きなだけ口にできるし、舟と船頭をいつでも使うことができたのだ。江戸の町は、米をはじめとする物資の運搬のために河川と掘割が網の目のようにはりめぐらされており、舟でたいがいの場所に行くことができたのである。

平十の漕《こ》ぐ舟は、大川の川面《かわも》をすべるように下り、両国橋をくぐると、やがて前方に新大橋が見えてきた。新大橋をくぐってすぐに右手にむかえば、高砂町につづく浜《はま》町堀《ちょうぼり》へ入ることができる。

初夏の陽射しが川面を照らしていた。竜之介の白皙《はくせき》に陽のひかりが反射《はね》て、キラキラと輝いている。

竜之介は三十がらみ、痩身《そうしん》で面長、切れ長の目をしていた。端整な顔立ちのせいもあって、一見優男《やさおとこ》に見えるが、胸は厚く腰は据わっていた。いまは稽古《けいこ》をしないが、若いころ剣術の稽古で鍛えた体なのである。

2

「雲井さま、あそこですぜ」

平十が艪《ろ》を漕ぐ手をとめて、前方を指差した。桟橋を離れてから、平十は棹ではなく艪を使っていたのだ。

浜町堀沿いに、荒船屋の土蔵造りの店舗が見えた。その前に人だかりができている。職人、船頭、ぼてふりなど、通りすがりの者が多いようだが、岡っ引きや下っ引きと思われる男の姿もあった。

「近くにとめられるか」

「ちょいと行った先に、船寄《ふなよせ》がありやす。そこに、着けやすから」

平十は江戸市中の河川や掘割のつながりだけでなく、桟橋や船寄がどこにあるかも知っていたのである。

平十が船寄に船縁を寄せると、すぐに竜之介は舟から飛び下りた。そして、平十が杭《くい》に舟をつなぐのを待ってから、荒船屋に足をむけた。

「雲井さま、風間《かざま》の旦那《だんな》がいやすぜ」

平十が小声で言った。

風間柳太郎《りゅうたろう》だった。風間は火盗改の同心で、竜之介と同じ召捕・廻り方だった。竜之介の配下である。

風間は二十代半ば、大柄でがっちりした体軀《たいく》をしていた。眉《まゆ》が濃く、頤《おとがい》の張った剽《ひょう》悍《かん》そうな顔をしていた。押し込みと聞いて、探りに来たらしい。

竜之介が人垣に近付くと、平十は竜之介から離れ、野次馬たちのなかにまぎれた。密偵と気付かれないためである。それに、集まっている者たちの話に耳をかたむけるのだ。野次馬たちの会話から思わぬ情報が入ることもあるし、下手人がそれとなく探索の様子をうかがっていることもあるのだ。

竜之介は風間に身を寄せ、

「風間、町方は」

と、小声で訊《き》いた。これだけの事件になれば、火盗改と町方の同心が、現場で顔を合わせることもあるだろう。

「南の御番所（町奉行所）の尾崎《おざき》どのが来ています」

風間がくぐもった声で言った。

「尾崎か」

尾崎峰次郎《みねじろう》は、南町奉行所の定廻《じようまわ》り同心だった。三十代半ば、奉行所のなかでもやり手の同心として知られた男である。手先の知らせで駆け付けたのだろう。

「何か、知れたか」

竜之介が風間に訊いた。

「はい、おとくという通いの女中をつかまえて、様子を聞きました」

風間は、店の台所で泣いていたおとくから話を聞き、店先に出てきたところだという。

竜之介は、風間が聞き込んだことを耳に入れてから店に入るつもりだった。

「殺《や》られたのは？」

「七人です。助かったのは、荒船屋の女房と倅《せがれ》だけです」

おとくの話によると、殺されたのはあるじの荒船屋繁右衛門《しげえもん》、番頭の増蔵《ますぞう》、手代の利之助《りのすけ》と房次郎《ふさじろう》、丁稚《でっち》の松吉《まつきち》と安助《やすすけ》、それに住み込みの六助《ろくすけ》という下働きだという。

「女房のお勝《かつ》と倅の富助《とみすけ》は、押し込みに気付いた繁右衛門が咄嗟《とっさ》に二階の納戸にふたりを隠し、命拾いしたようです」

風間の顔に怒りの色が浮いた。こうした凶悪事件に慣れている風間も、押し込み強盗の残忍な手口に平静ではいられないようだ。

「それで、奪われたのは金か」

竜之介が訊いた。

「内蔵《うちぐら》があけられたようです。まだ、何が奪われたか聞いていませんが、押し込みが金を奪ったのはまちがいないでしょう」

風間によると、女中のおとくは内蔵にどれほどの金が入っていたか、まったく知らないという。

「お勝に、訊いてみるか」

そうは言ったが、竜之介はお勝も富助も狂乱状態でまともに話はできないだろうと思った。

竜之介は店の脇から店内に入った。大戸はしめられていたが、脇の一枚だけあいていて出入りできるようになっていたのだ。

ひろい土間の先に、板敷きの間があった。そこが客との商談場所らしかった。奥が帳場になっていた。帳場格子と帳場机があり、後ろには大福帳や算用帳などの帳簿類がかかっていた。

その板敷きの間のなかほどにひとり、帳場格子の脇にひとり、男が横たわっていた。そのまわりに岡っ引きらしい男が十人ほど集まり、なかに定廻り同心の尾崎の姿もあった。尾崎は帳場格子のそばに倒れている男の脇に屈《かが》み込んでいた。検屍《けんし》をしているらしい。

竜之介が板敷きの間に近付くと、「火盗改の旦那だ」、「雲井さまだ」などという声が聞こえ、岡っ引きたちが前をあけた。竜之介のことを知っている岡っ引きが何人かいるらしい。

「雲井さま、ごくろうさまです」

尾崎が立ち上がり、竜之介にちいさく頭を下げた。

一瞬、尾崎の顔に不快そうな表情が浮いたが、すぐに消えた。胸にわいた感情を押し殺したらしい。尾崎だけでなく、町奉行所の同心や与力は、火盗改のことを快く思っていない者が多かった。

町奉行所は刑事事件だけでなく、民事も扱い、探索も丁寧だったし、下手人の捕縛にあたっても生け捕りを旨とし、刀を抜いて斬るようなことはしなかった。腰に差しているのも、刃引の長脇差である。

一方、火盗改は、火付、盗賊、博奕《ばくち》を主に扱い、無宿人、凶状持ち、博奕打ち、徒《いたずら》牢人《ろうにん》など、荒くれ者を相手にすることが多かった。そうしたこともあって、探索も捕縛も荒っぽく、証拠などなくとも怪しいと思えば縄をかけ、拷問をして強引に吐かせたり、抵抗すれば斬り殺したりした。そうしたぞんざいで荒っぽい火盗改のやり方が、町方同心はおもしろくなかったのである。江戸の市民たちも町方より火盗改を恐れ、嫌悪する者もすくなくなかった。

「おれにも、死骸《ほとけ》を拝ませてくれ」

竜之介は、横たわっている死体の脇に近寄った。

「どうぞ……」

尾崎は後ろに身を引き、わたしは、生き残った者から話を聞いてみますので、と言い残して、その場を離れた。お勝と富助から話を聞くつもりらしい。尾崎は与力である竜之介に遠慮して、その場から離れたようだ。

……これは！

竜之介は死体に目をやり、思わず胸の内で声を上げた。

凄惨《せいさん》な死体だった。首が深く斬られ、折れたように顔を横にむけていた。首根から截断《せつだん》された頸骨《けいこつ》が白く覗《のぞ》いている。

男の寝間着や床板が飛び散った血で、どす黒く染まっていた。

……下手人は手練《てだれ》だな。

斬ったのは、剣の心得のある武士であろう、と竜之介は思った。それも、遣い手とみていい。横たわっている男は、一太刀で首を刎《はね》られていた。押し込みのなかに、武士が混じっているとみていいようだ。

横たわっている死体は、寝間着姿だった。裾《すそ》が大きくめくれ、両足が太腿《ふともも》の辺りからあらわになっている。顔が恐怖を凝結したようにゆがみ、目尻《めじり》が裂けるほど両眼を瞠《みひら》いていた。その顔は、五十がらみに見えた。

「おい、この男は何者だ」

竜之介は、脇に立っている岡っ引きらしい男に訊いた。

「番頭の増蔵でさァ」

初老の男が首をすくめながら言った。

竜之介は増蔵の死体のそばを離れ、板敷きの間に横たわっているもうひとりのそばに近寄った。

若い男が仰向《あおむ》けに倒れていた。やはり、寝間着姿である。増蔵もそうだが、この男も寝間着のまま自らここに出てきたとは思えない。寝ているところを賊に連れ出され、金のある場所をしゃべらされた後、殺されたのではあるまいか。

……この死骸《ほとけ》は胸を突かれたようだ。

胸に刃物で突いた傷があった。乱れた寝間着が、胸から腹にかけてどっぷりと血を吸っている。

竜之介は、刀傷ではないとみた。匕首《あいくち》か脇差のような刃物で、正面から突いたらしい。近くにいた岡っ引きに訊くと、手代の利之助だという。

それから、竜之介は店の中をまわり、殺されている男たちを検屍して歩いた。

あるじの繁右衛門は二階に上がる階段下で斬殺《ざんさつ》されていた。刀で背後から袈裟《けさ》に斬られたようだ。下手人は遣い手らしく、一太刀で仕留めていた。増蔵を斬殺した者と同じかもしれない。

内蔵の前で手代の房次郎、丁稚部屋で松吉と安助、裏の台所で下働きの六助がそれぞれ殺されていた。いずれも、刀や匕首などの刃物で斬られたり突かれたりして死んでいた。また、その後、お勝の話から分かったことだが、奪われたのは内蔵にあった金で、はっきりしないが、八百両ほどではないかということだった。

また、内蔵の鍵《かぎ》のひとつが帳場にあり、番頭の増蔵か手代の利之助かが鍵を出させられた後、斬り殺されたのではないかとみられた。

竜之介が、戸口まで来ると、風間が待っていた。

「雲井さま、押し込みの侵入口が知れました」

風間が小声で言った。

「どこだ」

「脇のくぐりと背戸《せど》を鉈《なた》か斧《おの》のような物で、ぶち破ったようです」

風間によると、店の脇のくぐり戸と裏手の背戸が、ぶち壊されているという。盗賊は、くぐり戸を破り、店の裏手にまわって背戸から店内に侵入したようだ。

「破りやすい戸を狙ったようだな」

脇のくぐりと背戸は、表の大戸ほど堅牢《けんろう》な造りではないので、壊しやすかったのであろう。

「近所でも、聞き込んでみてくれ」

竜之介はそう言い置いて、荒船屋から出た。

3

荒船屋に盗賊が押し込んだ三日後、竜之介は築地《つきじ》に出かけた。火盗改の御頭、横田源太郎に呼ばれたのである。横田の屋敷は、西本願寺の裏手にあった。このころ、火盗改の役宅はなく、己の屋敷の一部を改装して役所としていたのだ。

横田も、屋敷内に吟味のための白洲《しらす》、仮牢《かりろう》などを設け、さらに拷問道具を取りそろえた拷問蔵まで造っていた。

横田家は千石の旗本だったので、門番所付の豪壮な長屋門を構えていた。

竜之介は門番に話し、表門のくぐりを通って与力の詰所となっている玄関脇の部屋に入った。すでに、部屋には召捕・廻り方与力ふたりが待っていた。北沢新三郎《きたざわしんざぶろう》と片《かた》柳稔蔵《やなぎとしぞう》である。ふたりとも、荒船屋の事件にかかわって御頭に呼ばれたらしい。

竜之介が座敷に腰を下ろして間もなく、横田家の家士、松坂清兵衛《まつざかせいべえ》が、竜之介たちを迎えに来た。横田が奥の屋敷で待っているという。松坂は初老で、横田に長く仕える用人である。

そこは中庭に面した座敷で、与力や同心たちと会って探索や捕物の話をするおりに使われていた。与力や同心たちの間で、御指図部屋と呼ばれている。

竜之介たちが御指図部屋に座していっときすると、廊下を歩く足音がし、横田が姿をあらわした。小紋の小袖《こそで》に角帯姿のくつろいだ恰好《かっこう》だった。

竜之介たちは低頭して、横田が座すのを待ち、時候の挨拶《あいさつ》を述べようとすると、

「挨拶はよい」

と横田が制し、竜之介たち三人に目をむけた。

横田は四十二歳の男盛りで、濃い眉《まゆ》、鋭い眼光、頤《おとがい》の張ったいかつい面構えをしていた。横田は剛勇の主で、自ら市中の盛り場や品川、千住《せんじゅ》などの宿場を忍び歩き、無宿人や博奕打ちなどを捕らえて、自邸で拷問にかけて白状させたりした。

また、横田は自ら拷問の道具も工夫していた。「横田棒」と呼ばれる物で、これは三角形の角材の尖《とが》った角《かど》を上にして並べて置き、その上に罪人を正座させて、膝《ひざ》の上に平石を積んでいくのである。石抱きと呼ばれる拷問だが、これをつづけ、石を増やしていくと角材の角が脛《すね》に食い込んで血が噴き、膝の関節が砕け、やがて死に至るという。

「荒船屋なる米問屋に、盗賊が押し込んだそうだな」

横田は鋭い目で竜之介たちを見すえて言った。役所詰の与力から、横田の耳に入ったのであろう。

「はい、店の者七人を斬り殺しましてございます」

竜之介が答えた。

「七人もな」

横田の顔がけわしくなった。双眸《そうぼう》が、底びかりしている。

「何としても、捕らえねばならぬな」

横田が怒りの顔で言った。

「いかさま」

「さっそく、探索に当たれ」

「心得ました」

「町奉行所も、総力をあげて探索にあたっておろうが、これほどの凶悪な盗賊を火盗改で捕縛できねば、われらが笑い物になるぞ。……何としても、捕らえろよ」

横田が語気を強めて言った。

「ハッ」

竜之介たち三人は深く低頭した。

その日、竜之介は御徒町《おかちまち》にある自分の屋敷にはもどらず、瀬川屋に行って平十に密偵たちを集めるように指示した。

「承知しやした」

平十は、すぐに動いた。

翌日、瀬川屋の離れに五人の密偵が集まった。船頭の平十、手車売《てぐるまう》りの寅六《とらろく》、鳶《とび》の又吉《またきち》、蜘蛛《くも》の茂平《もへい》、それに女掏摸《すり》のおこんである。

「まァ、一杯やりながら聞いてくれ」

竜之介が、五人に目をやりながら言った。

五人の膝先には、貧乏徳利《どくり》の酒と猪口が置いてあった。酒と猪口は、瀬川屋から調達したものである。

「荒船屋の件ですかい」

寅六が、首をすくめながら小声で訊《き》いた。

寅六は五十代半ば、小柄ですこし背が丸まっている。鬢《びん》や髷《まげ》に白髪が目立ち、ちいさな髷が頭頂にちょこんと載っていた。面長で、糸のように細い目をしょぼしょぼさせている。稼業は手車売りで、手車の寅とも呼ばれていた。

手車は、釣り独楽《ごま》とも呼ばれている。土で作った円盤形の物をふたつ合わせ、竹を芯《しん》にして間に隙間をあけ、なかに糸を結んだものだ。糸を巻いて放すとまわりながら解《ほど》け、また巻き付いて上がってくる。現代のヨーヨーである。

手車売りは、寺社の門前や人出の多い広小路などで手車をまわしながら売っていた。子供相手の商売である。

寅六は、浅草寺《せんそうじ》の境内で手車を売っていたとき、土地の地まわりに売り場のことで因縁をつけられ、高い所場代を要求された。寅六が要求をつっぱねたことで、地まわりとその仲間たちに袋叩《ふくろだた》きになりかけた。ちょうどそのとき、寅六は通りかかった竜之介に助けられたのだ。

その後、寅六は手車売りをつづけながら、竜之介の密偵として動くようになったのである。

「そうだ。……噂は聞いていると思うが、店の者が七人も殺《や》られている」

竜之介は、殺された七人の名を口にした。

「まったく、ひでえことしやがる。盗人《ぬすっと》の風上におけねえやつらだぜ」

又吉が言った。

又吉は二十代半ば、丸顔で肌が浅黒く、目が鋭い。剽悍《ひょうかん》そうな面構えである。身軽で動きが敏捷《びんしょう》だった。仲間内で、軽身《かるみ》の又吉と呼ばれている。又吉も賭《か》け事が好きで賭場《とば》に出入りしていた。金に困り、賭場からの帰りの客を襲って金を巻き上げた。竜之介は賭場に出入りした男の密告で又吉を捕らえたが、吟味のおり、又吉の身軽さと度胸のよさを知り、

……この男は、密偵《てさき》に使える。

と、踏んだのである。

「どうだ、おれの手先にならぬか」

竜之介が訊くと、又吉は竜之介の顔に似合わぬ男っぽさと度量のひろさに感じたところがあるらしく、

「へい、旦那《だんな》のために働かせていただきやす」

と言って、密偵のひとりになったのである。

「押し込みは七人らしい。七人のなかに、武士もいるようだ」

竜之介が密偵たちに目をやって言った。

賊が七人と分かったのは、風間の手柄だった。風間は、荒船屋の近所で聞き込み、夜鷹《よたか》そば屋の親爺《おやじ》から、黒ずくめの男たちが七人、大川の方へ走っていくのを見かけた、との話を聞いたのである。親爺は商売を終えて帰るおり、浜町堀にかかる小川橋《おがわばし》のたもと近くを通りかかり、男たちを見かけた。はっきりしないが、子《ね》ノ刻《とき》（午前零時）過ぎだったという。

「そいつら、ただの鼠じゃァねえな」

茂平が目をひからせて言った。

「茂平の言うとおり、これだけの荒仕事をしたやつらだ。前から盗人働《ぬすっとばたら》きをしてたやつらにちげえねえ」

竜之介の物言いが伝法になった。与力ではあったが、ならず者たちに接することが多く、密偵たちと話しているとどうしても物言いが乱暴になるのだ。

「それで、あたしらは何をすればいいんです」

おこんが言った。

おこんは年増《としま》だった。色白の美形である。襟元から覗《のぞ》く色白の首筋と胸のふくらみが何とも色っぽい。おこんは女ながら、仲間内から当たりのおこんと呼ばれた腕利きの掏摸だった。たまたま、両国広小路を歩いていた竜之介の懐を狙って押さえられ、密偵にくわわったのである。

当たりのおこんという異名は、掏摸の早業からきたらしい。おこんは、狙った相手に通りすがりに肩を当て、相手がよろめいた一瞬の隙をついて懐の財布を抜き取ることができるという。

「まだ、七人の名も隠れ家も分かっていないのだ。……ともかく、賭場、岡場所、それに盗人にかかわりのありそうなやつらから聞き込んでくれ。……あやしいやつをつかんだら、そいつを手繰ってみるより他に手はねえ」

竜之介が言った。

「承知しやした」

平十が言うと、他の四人もうなずいた。

4

……この辺りだったな。

又吉は、深川佐賀町《さがちよう》の大川端を歩いていた。「たぬき」という縄暖簾《なわのれん》を出した飲み屋を探していたのである。

たぬきの親爺は、賭場で知り合った源助《げんすけ》という男だった。すでに、還暦ちかい年寄りだが、数年前まで盗人だったという噂を聞いたことがあったのだ。

……源助のとっつァんなら、荒船屋に押し入った一味のことを知ってるかもしれねえ。

と思って、又吉は足を運んできたのである。

ただ、又吉は三年ほど前に一度、賭場からの帰りにたぬきに立ち寄ったことがあるだけで、店のある場所をはっきり覚えていなかった。

前方に仙台堀《せんだいぼり》にかかる上ノ橋が見えてきたとき、又吉は見覚えのある瀬戸物屋を目にとめた。

たぬきは、瀬戸物屋の脇の路地を入った先にあったはずである。そう思って、瀬戸物屋の前まで行くと、細い路地があった。

……ここだ、ここだ。

路地沿いに、小体《こてい》な店や表長屋などが、ごてごてとつづいている。

「この店だ！」

思わず、又吉は声を上げた。

路地に入ってすぐ、赤提灯《あかちょうちん》がぶら下がっている店を目にしたのだ。古い赤提灯に、たぬきと書いてあった。

店はひらいているらしく、縄暖簾が出ていた。ただ、店はひっそりとしていた。まだ、客はいないのかもしれない。

引き戸をあけると、店のなかは薄暗かった。だれもいない。土間に飯台《はんだい》がふたつ置いてあり、腰掛け代わりの空き樽《だる》が並べてあった。

ただ、奥にだれかいるらしかった。トントンと音がする。まな板の上の物を包丁で切っているような音である。

「だれか、いねえかい」

又吉が声をかけた。

すると、聞こえていた音がやみ、下駄の音がして土間の脇からでっぷり太った女が顔を出した。片襷《かただすき》をかけた四十がらみと思われる女である。

女のお多福のような顔に見覚えがあった。以前来たとき、見た顔である。名は忘れたが、源助の情婦《いろ》だろう、と又吉は思った。店に立ち寄ったとき、源助から情婦といっしょにやっていると聞いたのだ。

「いらっしゃい」

女が愛想笑いを浮かべて言った。又吉のことを客と思ったらしい。三年も前に一度来ただけなので、又吉の顔など覚えていないのだろう。

「源助のとっつァんはいねえかい」

又吉が低い声で訊いた。

「いるけど……。あんた、だれだい」

女の声が、急につっけんどんになった。

「相生町《あいおいちょう》の又吉と言ってもらえば、分かるはずだぜ」

又吉は、本所《ほんじょ》相生町の長屋に住んでいたのである。

「又吉さんだね。そこらの樽にでも、腰掛けててよ」

そう言うと、女はきびすを返した。

待つまでもなく、源助が出てきた。女とちがって、ひどく痩《や》せていた。皺《しわ》が多く年寄り臭い顔をしていた。肉をえぐりとったように頬がこけ、目がくぼんでいた。背もまがっている。

「又吉、久し振りじゃァねえか」

源助が上目遣いで又吉を見た。警戒するような目をしている。

「ちょいと、訊きてえことがあってな。手間はとらせねえが、そこに掛けてくんな」

又吉は懐から巾着《きんちゃく》を取り出し、とっといてくれ、と言って、小粒銀をつまみだして源助の手に握らせてやった。

竜之介から手当てとしてもらった金の一部だった。竜之介は密偵たちに探索の仕事を頼むとき、高額ではなかったが相応の手当てを渡していたのである。

「こいつは、すまねえ」

源助の顔がほころんだ。源助にとって小粒は大金なのだろう。盗人働きをしているころは、一両二両の金ならどうにでもなったようだが、足を洗ってからは飲み屋のわずかな稼ぎしかないらしい。

「荒船屋の押し込みの話を聞いてるかい」

又吉が声をひそめて切り出した。

「噂には聞いてるよ」

源助が渋い顔をして、又吉から視線をそらせた。盗人だった昔のことに触れられたくないのだろう。

「とっつァんには、何のかかわりもねえから安心してくんな」

「そうかい」

「荒船屋に押し入ったやつらは、七人も殺したんだぜ。……盗人の風上におけねえ畜生どもだ」

又吉が顔に怒りの色を浮かべて言った。

「盗人の面汚しだな」

源助の顔が怒りにゆがんだ。目が底びかりしている。盗人だったころの顔を垣間見《かいま》せたようだ。

「とっつァん、畜生どもに、何か心当たりはねえかい」

又吉が訊いた。

「又吉、おめえ、狗《いぬ》かい」

源助が又吉に、心底を覗くような目をむけた。

「狗じゃァねえが、似たようなもんだ。とっつァんには隠さねえが、あるお方の指図で、今度の事件《やま》を探ってるのよ」

又吉は源助を騙《だま》したくなかったので、そう言ったのだ。

「…………」

源助は困惑したような顔をして口をつぐんだ。

「おれの首が飛んでも、とっつァんに迷惑はかけねえよ」

又吉がそう言うと、

「心当たりがねえことはねえ」

と、源助が小声で言った。

「話してくんねえ」

「こんな畜生働きをするやつは、そうはいねえ。……深谷《ふかや》の宗兵衛《そうべえ》とよく手口が似てるようだぜ」

又吉にむけられた源助の目に、異様なひかりが宿っている。丸まっていた背が伸び、萎《しぼ》んでいた老体に生気が蘇《よみがえ》ったように見えた。

「深谷の宗兵衛だと」

思わず、又吉が聞き返した。

深谷の宗兵衛は、江戸市中を震撼《しんかん》させた凶悪な夜盗の頭目だった。徒党を組んで大《おお》店《だな》に押し入り、店の者を皆殺しにして大金を強奪した。宗兵衛という名は、襲われた店の奉公人が納戸に身を隠していて難を逃れ、そのとき一味のひとりが、頭目のことを宗兵衛と呼んだのを耳にして知れたのである。

また、町方が若いころの宗兵衛を知っている男をつきとめ、その男から話を聞いて、宗兵衛は中山道《なかせんどう》、深谷宿の生まれだということが分かり、深谷の宗兵衛と呼ばれるようになったのである。

ただ、宗兵衛が江戸の大店に押し込んだのは十数年も前のことで、又吉は賭場《とば》仲間の噂で耳にしただけだった。町方も火盗改も、宗兵衛一味のことなど忘れているのではあるまいか。

「とっつァん、たしかに手口は似てるが、宗兵衛が江戸を荒らしまわっていたのは、むかしのことだぜ。……宗兵衛も、とっつァんとかわらねえ歳じゃァねえのかい」

噂では、宗兵衛は当時四十代半ばではないかとみられていた。もちろん、はっきりしたことは分からないので、姿を見た者の印象であろう。いずれにしろ、そのころから十数年経っているので、かなりの老齢とみていいのではあるまいか。

「そうかもしれねえ。……だがよ、宗兵衛一味は七人だったらしいぜ。いまだに、ひとりもつかまってねえんだ。七人のなかには、若《わけ》えやつもひとりやふたり、いたんじゃァねえのかい。そのころ三十がらみだったやつなら、いまは四十代半ばだぜ。……盗人《ぬすっと》としちゃァ脂の乗り切ったころよ」

源助の声には、昂《たかぶ》ったひびきがあった。己が盗人だったころのことが、蘇ってきたのかもしれない。

「とっつァんの言うとおりだぜ」

「宗兵衛一味のやつなら、むかしの手口を使ってもおかしくねえ」

「そうだな」

「似てるのは、店の者を皆殺しにする手口だけじゃァねえ。おれが聞いた噂じゃァ、くぐりと背戸をぶち破って入ったそうじゃァねえか。そいつも、宗兵衛のやり方だぜ」

「とっつァん」

又吉が身を乗り出すようにして言った。

「なんでえ」

「おめえ、宗兵衛が、どこで何をしてるか知らねえか」

又吉が訊《き》いた。宗兵衛を手繰る糸が欲しかったのだ。

「知らねえよ」

源助が素っ気なく言った。

「隠れ家は分からねえだろうが、子分の名だとか、情婦《いろ》だとか……。何でもいいぜ」

「ひとりだけ子分らしいのを知ってるぜ」

「知ってるのか」

又吉の声が大きくなった。

「鼠《ねずみ》の安《やす》と呼ばれてたやつでな。当時、伊勢崎町《いせざきちょう》に住んでたが、いまはいねえ」

源助によると、名は安次郎《やすじろう》で、小柄で鼠のようにすばしっこいことから仲間内で鼠の安と呼ばれていたそうだ。

「そいつは、宗兵衛の子分だったのかい」

「はっきりしたことは分からねえが、そうらしい。安は、若いころ、木場《きば》で川並《かわなみ》をしてたらしいのよ。安のむかしの川並仲間に磯造《いそぞう》ってこそどろがいてな、そいつと飲んだとき、酔った勢いで、宗兵衛の子分らしいことを口にしたらしいんだな。おれは、その磯造から聞いたのよ」

川並は、木場人足の筏師《いかだし》のことである。

「磯造はどこにいる」

又吉が訊いた。

「あの世だよ。もう、死んで七、八年になるぜ」

「安次郎のことを知ってるやつは、他にいねえのかい」

「清住町《きよすみちょう》で情婦《いろ》が小料理屋をやってたらしいが、いまはどこにいるのか……」

源助が首をひねりながら言った。

清住町は深川の大川端にひろがっており、佐賀町から近かった。

「情婦だが、何てえ名だい」

「お仙《せん》だよ」

「小料理屋の名は」

又吉が訊いた。

「もみじ屋だったかな。いまは、小間物屋になってるぜ」

「もみじ屋か」

又吉は、お仙の居所をつきとめようと思った。

5

「なに、深谷の宗兵衛だと」

竜之介が驚いたような顔をして聞き返した。

「へい、手口がそっくりだと言う者がいやして」

又吉は、源助の名を出さなかった。足を洗ったとはいえ、源助は盗人だった男である。まだ、竜之介に言うわけにはいかなかったのである。

「たしかに、そっくりだ……」

竜之介の顔がけわしくなった。

いっとき竜之介は、虚空に目をとめて黙考していたが、

「だがな、宗兵衛はかなりの歳のはずだぜ。荒っぽい強盗《しごと》は無理じゃァねえかな」

竜之介は首をひねった。

「ですが、宗兵衛一味には若いやつもいたはずですぜ。そいつが、一味の手口をそっくり真似たのかもしれねえ」

それも、源助から出た話だったが、又吉は源助のことは口にしなかった。

「又吉、おめえのいうとおりだ」

竜之介が言った。

「そのころ盗んだ金が底をつき、また動き出したのかもしれねえ……」

又吉がつぶやくような声で言った。

「いずれにしろ、宗兵衛一味の者が、今度の事件《やま》にもからんでいそうだな」

「あっしも、そうみやした。それで、宗兵衛一味を洗ってみたんでさァ」

又吉が言った。

「おめえ、目が利くな。それで、何か出てきたかい」

竜之介が感心したような顔をして訊いた。

「一匹だけ、鼠が出てきやした」

「なに、もう尻尾《しっぽ》をつかんだのか」

竜之介が驚いたように目を瞠《みひら》いた。

「鼠は出てきやしたが、まだ、尻尾がつかめねえんでさァ。……宗兵衛一味のひとりらしいやつが、浮かびやしてね。そいつの名が、鼠の安」

又吉が、安次郎という名や若いころ川並だったことなどを話してから、

「いま、安次郎を手繰れるのは、お仙という情婦《いろ》だけなんで」

と、言い添えた。

「お仙は、小料理屋の女将《おかみ》だったのだな」

竜之介が訊いた。

「へい、いまは小間物屋になっていやす」

又吉は、源助から話を聞いた後、清住町にまわって小間物屋のあるじから話を聞いていた。

あるじの名は庄三郎《しょうざぶろう》。まだ、三十がらみと思われる色白の男で、物言いが女のようにやわらかだった。日頃、娘や女房などを相手に小間物を売っているせいであろう。

「この店が、もみじ屋という小料理屋だったのを知ってるかい」

又吉は、そう切り出した。

「知ってますとも。もみじ屋を改装して、いまの店にしたんですから」

庄三郎は、八年ほど前に家主からもみじ屋を安く買い取り、大工の手を入れて大幅に造り替えたことを言い添えた。

「女将だったお仙さんを知らねえかい」

「話には聞いてますよ。……ここにあった店をとじた後、黒江町《くろえちょう》の料理屋の女中をしてたらしいですよ」

庄三郎が言った。

「お仙さんといっしょにいたらしいんだが、安次郎という男は知らねえか」

又吉は、安次郎がお仙の情夫《いろ》だとは言わなかった。その方が、庄三郎が言いやすいと思ったからである。

「さァ、知りませんねえ」

庄三郎は、首をひねった。

「そうか。……ところで、お仙さんが女中をしていたという料理屋はなんてえ名だい」

又吉は料理屋を当たってみようと思った。

「たしか、三笠屋《みかさや》だったと思いますよ」

「三笠屋な」

又吉は三笠屋を知らなかったが、黒江町へ行って訊けば分かるだろうと思った。

黒江町は富ヶ岡八幡宮《とみがおかはちまんぐう》の門前通りにひろがっていて、参詣客《さんけいきゃく》や遊山客などで賑《にぎ》わう町である。

翌朝、又吉は黒江町に足を運んだ。門前通り沿いの店に立ち寄り、三笠屋のことを訊くとすぐに分かった。通り沿いにある老舗《しにせ》の料理屋だった。

店の裏手にまわり、背戸から出てきた女中らしい女に訊くと、お仙という女は店にいないということだった。

又吉はお仙が名を変えているかもしれないと思い、庄三郎から聞いていた年恰好や顔付きなどを話したが、それらしい女はいないそうだ。

又吉が安次郎のことで探ったのは、そこまでである。

又吉はこれまでの経緯を竜之介に話した後、

「もう、十年近く経ってやすからね。なかなか尻尾がつかめねえんでさァ」

と、言い添えた。

「だが、いまのところ、安次郎を手繰れるのは、お仙だけだぜ」

竜之介は、まだ、お仙をあきらめるのは早すぎる気がした。

又吉も、竜之介の胸の内を察したらしく、

「もうすこし、お仙の行方を探ってみやすよ」

と言って、顔をひきしめた。

「どうだ、寅六かおこんを手伝わせようか」

竜之介は、他の密偵も当てもなく聞きまわるより、お仙を手繰った方が早いのではないかと思ったのだ。

「いえ、もうしばらく、ひとりでやってみやす」

又吉が目をひからせて言った。


又吉が帰った後、竜之介は平十に舟を出してもらい、火盗改の役所になっている横田屋敷にむかった。築地まで歩くのは大変だが、舟なら楽である。舟で大川を下り、佃島《つくだじま》の先まで行って掘割に入り、しばらく掘割をたどれば、西本願寺の裏手にある横田屋敷の近くまで行くことができるのだ。

竜之介は横田に会うために出向いたのではない。書役《かきやく》同心の稲葉《いなば》又五郎《またごろう》に会うためである。稲葉は、横田の前の火盗改の御頭、山田三十郎重光《やまださんじゅうろうしげみつ》のころから書役同心として仕えていた。また、書役同心の役柄上、過去の事件にも詳しかった。それで、竜之介は稲葉に宗兵衛のことを訊《き》いてみようと思ったのである。

稲葉は屋敷の脇にある長屋の同心詰所にいた。稲葉は五十がらみ、痩身《そうしん》で手足は細く、武芸などとは縁のなさそうな華奢《きゃしゃ》な体付きをしていた。

「稲葉、訊きたいことがあるのだがな」

竜之介は稲葉と対座するとすぐに切り出した。

「なんでしょうか」

稲葉が女のように細い声で言った。

「深谷の宗兵衛を知っているな」

「は、はい」

稲葉が訝《いぶか》しそうな顔をした。竜之介が、突然宗兵衛のことなど持ち出したからであろう。

「知っていることを、話してくれ」

「そのように言われましても、宗兵衛にかかわる記録はございませんし、それがしも、噂を聞いているだけですので……」

稲葉が戸惑うように言った。

「その噂でいいのだ。まず、宗兵衛の押し入った店だが、分かるか」

「……ええと、日本橋室町《むろまち》の呉服屋の玉木屋《たまきや》、本町《ほんちょう》の薬種問屋の島崎屋《しまざきや》、それに行徳《ぎょうとく》河岸《がし》の米問屋の加賀屋《かがや》……。どうも、他の店の名は……。なんでも二年ほどの間に六軒に押し入ったと聞いていますが……」

稲葉が言葉を切り、思い出しながら言った。

「いずれも大店《おおだな》のようだが、押し入った店は皆殺しの目に遭ったのか」

玉木屋はつぶれてしまったが、島崎屋と加賀屋はいまでも商売をつづけていた。おそらく、生き残った身内か親戚《しんせき》筋の者が店を継いだのであろう。

「いえ、金蔵と離れていた場所で寝ていた手代や丁稚《でっち》のなかには、難を逃れた者もいるようです。……ただ、押し込みに気付く恐れがあるような場所にいた者は、皆殺しになったようです」

「それで、奪った金は、どれほどなのだ」

「それがしが耳にした噂ですが、六店で、七、八千両になるのではないかと……」

「七、八千両か」

大金である。

「賊は七人だそうだな」

「そのようです」

稲葉によると、斬り殺されずにすんだ奉公人のなかに賊の姿を見た者がいて、七人だと分かったらしいという。

七人で均等に山分けすれば、一人頭千両余になるが……。どう分けたにしろ、十数年の間に手にした金を使い果たした者もいるはずである。一味の者が仲間を集めて、むかしの手口で大店に押し入ったとしても不思議はない。

それから、竜之介は一味の七人の名や隠れ家など稲葉に訊いてみたが、稲葉も宗兵衛の名しか知らなかった。

竜之介は横田屋敷を出て、平十の待つ舟にもどると、

「和泉橋《いずみばし》近くに着けてくれ」

と、指示した。

和泉橋は神田川《かんだがわ》にかかる橋である。橋の近くで下りると、御徒町はすぐである。竜之介は、久し振りで我が家へもどろうと思ったのである。

6

……そろそろ、来てもいいころだがな。

又吉は、路地の先に目をやってつぶやいた。

そこは、黒江町の料理屋、三笠屋の裏手の路地である。又吉は三笠屋から半町ほど

離れたところにある料理茶屋とそば屋の間にいた。人がひとり通れるだけの狭い隙間に、又吉は身を隠して、三笠屋の包丁人、磯造《いそぞう》が来るのを待っていたのである。

昨日、又吉は竜之介と会った後、二度黒江町に来て、お仙の行方を探った。三笠屋の斜向《はす》かいのそば屋に立ち寄り、そばを運んできた親爺《おやじ》に、それとなくお仙のことを訊くと、

「磯造さんなら、知ってるんじゃァねえかな。二十年近くも、三笠屋さんの板場にいる男だから」

と、答えたのだ。

親爺によると、磯造は通いで四ツ（午前十時）ごろ、店の裏手の路地を通って三笠屋に来るという。

陽はだいぶ高くなり、狭い路地にも初夏の陽射しが射し込んでいた。薄暗い路地で、ほとんどひとは通らなかった。路地沿いに裏口のある料理屋や料理茶屋などに勤める女中、包丁人、若い衆《し》などが通りかかるだけである。ときおり、猫や犬なども姿を見せ、路地を横切ったり通り過ぎていったりした。

……あの男か。

路地の先に男がひとり、姿を見せた。初老である。細縞《ほそじま》の単衣《ひとえ》を着流し、角帯姿だった。ゆっくりとした足取りで、又吉の方へ歩いてくる。

又吉は路地へ出て、男が近付いてくるのを待った。

男は又吉が立っているのを目にしたが、歩調も変えずに歩いてきた。

「ちょいと、すまねえ」

又吉が声をかけた。

「なんでえ」

男は足をとめて、訝しそうな目で又吉を見た。

「磯造さんですかい」

又吉が訊いた。

「そうだが、おめえさんは」

「又八《またはち》といいやす。ちょいと、訊きてえことがありやしてね」

又吉は咄嗟《とっさ》に浮かんだ偽名を使った。名は伏せておきたかったのである。

「何を訊きてえ」

磯造が渋い顔をした。足をとめたくなかったのだろう。

「手間はとらせませんや。磯造さんは、三笠屋さんに長《なげ》えと聞きやした。それで、お仙姐《ねえ》さんのことを知ってるんじゃァねえかと思ったんでさァ」

又吉は、お仙姐さんと呼んだ。お仙と親しい間柄であったと思わせるためである。

「お仙だと……」

磯造は、首をひねった。思い浮かばないらしい。無理もない。十年近く経っているのである。

「十年近く前になりやす。三笠屋さんに、女中として勤めてたはずなんでさァ」

「ああ、お仙か。思い出したぜ」

「思い出しやしたか」

思わず、又吉の声が大きくなった。

「で、おめ《めえ》え、お仙とどんなかかわりがあるんだい」

磯造が、不審そうな目をむけて訊いた。

「あっしが、まだ十五、六のころのことでして……。お仙姐さんが、清住町で小料理屋をやってたころ、世話になったことがあるんでさァ。それから、あっしの家の商売の都合で、品川の方へ行ってやした。ちかごろ、深川にもどって清住町に行ってみると、小料理屋はなくなっていやしてね。お仙姐さんの行方も分からねえ。……清住町をまわって訊くと、お仙姐さんは三笠屋さんに勤めていたらしいと言われて、来てみたんでさァ」

又吉は、もっともらしい作り話をした。ただ、お仙が清住町の小料理屋の女将《おかみ》だったのは事実なので、磯造がそのことを知っていれば信ずるはずである。

「たしかに、お仙は、三笠屋にいたがな。……一年ほどいただけで、やめちまったぜ」

磯造が言った。又吉の話を信じたようである。

「三笠屋さんをやめた後、どこへ行ったか知りやせんか」

又吉は、お仙がいまどこにいるか知りたかったのだ。

「分からねえ。むかしのことだからなァ。……そういえば、富乃屋《とみのや》に、お仙らしい女がいると聞いた覚えがあるな」

磯造が首をひねりながら言った。

「富乃屋さんは、どこにありやす」

又吉が身を乗り出すようにして訊いた。

「蛤町《はまぐりちよう》にある小料理屋だよ。……はっきりしねえが、二、三年前に耳にした話なのでな。いまも、富乃屋にいるかどうか分からねえぜ」

磯造によると、富乃屋は掘割沿いにある店で、蛤町へ行って訊けば、すぐに分かるという。

「すまねえ。助かりやした」

又吉は磯造に礼を言って、その場を離れた。蛤町へ行ってみようと思ったのである。

又吉が磯造と別れて、一町ほど歩いたときだった。路地沿いにあった別の料理屋の角から、男がひとり路地に出て又吉の跡を追うように歩きだした。

男は三十がらみであろうか。格子縞《こうしじま》の単衣を裾高《すそだか》に尻《しり》っ端折《ばしょ》りし、草履履きだった。手ぬぐいで頰っかむりしている。顔ははっきり見えなかったが、面長で顎《あご》がとがっていた。剽悍《ひょうかん》そうな顔付きである。

男は又吉が表通りへ出て、蛤町につづく通りへ入ってからもほぼ半町ほどの間隔を保ったまま尾《つ》けてきた。

どうやら、男は又吉を尾行しているようだ。

又吉は尾けられているなどと、思ってもみなかった。掘割沿いに出ると、通りかかったぼてふりに富乃屋のことを訊いてみた。

ぼてふりは富乃屋のことを知っていた。一町ほど掘割沿いを行くと、戸口に掛け行灯《あんどん》のある小料理屋があるという。小料理屋としては大きな店で二階もあるそうだ。

……この店か。

たしかに、小料理屋としては大きな店だった。二階もあり、ちょっとした料理屋を思わせるような造りである。ただ、二階は狭く、客を入れるような座敷はないようだ。店の者が住んでいるのかもしれない。

そのとき、跡を尾けてきた男は掘割沿いに足をとめ、富乃屋の前に立っている又吉の背を睨《にら》むように見すえていた。

第二章　密偵たち

1

初夏の陽射しを浴びた新緑が、燃えるようにかがやいていた。蓬《よもぎ》、たんぽぽ、大葉子《おおばこ》、杉菜《すぎな》などが、庭先の地面をおおっている。その若草のなかで雀が二羽、餌を啄《ついば》みながら飛びまわっていた。

雲井竜之介は雲井家の縁先に腰を下ろし、庭を眺めながら母親のせつが淹《い》れてくれた茶を飲んでいた。

五ッ（午前八時）ごろである。朝餉《あさげ》を終えて、竜之介が縁先に出ると、せつが茶道具を持ってやってきたのだ。

「竜之介、お役目はいそがしいのかい」

せつが、湯飲みを手にしたまま訊《き》いた。いつもは、間延びした声で静かにしゃべるのだが、声にかすれたようなひびきがあった。ここ数日、竜之介が家をあけていたので、心配していたのだろう。

せつは、五十歳。色白で太り肉《じし》だった。頬がふっくらし、富士額《ふじびたい》である。若いころは美人だったらしいが、いまは太り過ぎて、饅頭《まんじゅう》のような顔をしている。おっとりした性格で、物言いもやわらかかった。

「はい、母上は、高砂町の米問屋に押し込み強盗が入り、店の者を大勢殺した話は聞いていませんか」

竜之介は庭先に目をやったまま言った。

「噂は聞きましたよ。……まったく、ひどい話だねぇ」

せつが眉宇《びう》を寄せて言うと、居間にいた父親の孫兵衛《まごべえ》が、

「竜之介は、その件の探索にあたっておるのだな」

と、くぐもった声で言った。

居間といっても、縁側のつづきの座敷だった。障子があけてあったので、竜之介とせつの話はつつぬけであった。

孫兵衛は碁盤を前に座し、ひとりで石を打ちながらあれこれ手を考えているらしかった。五年前まで、孫兵衛は御先手組《おさきてぐみ》与力で八十石を喰《は》んでいたが隠居し、竜之介に跡を継がせたのだ。竜之介も、父と同じ八十石である。

孫兵衛は無趣味な男だったが、近所に碁好きがいて手解《てほど》きを受けてから好きになり、隠居してからは、碁敵の家へ出かけて碁を打つのを唯一の楽しみにしていた。

孫兵衛は還暦にちかい老齢だが、まだ矍鑠《かくしゃく》としていた。長身で面長。鼻梁《びりょう》が高く、切れ長の目をしていた。竜之介の端整な目鼻立ちは、父親に似たのかもしれない。肌は白かったので、母親似か。

「大変な事件らしいねえ。……でも、三日も、四日も、家をあけないといけないのかい」

せつが言った。いつもの間延びした物言いにもどっている。

「はい、探索は夜通し張り込んだり、追捕《ついぶ》のために遠出もせねばなりません。そのため、家をあけることもあるのです」

竜之介は、瀬川屋で寝泊まりしているとは言えなかったのだ。

「そうかえ……」

せつが、手にした湯飲みをゆっくりとかたむけた。茶は冷えていたらしく眉宇を寄せたが、何も言わなかった。

「竜之介」

孫兵衛が碁盤に目を落としたまま言った。

「はい……」

「一昨日、ゆきが、太助《たすけ》を連れてきたのだ。……三つになってな。ジジ、ババ、といって、まとわりつくのだ」

孫兵衛が言うと、

「ほんと。可愛い児《こ》でね、家でもらいたいほどですよ」

せつが、目を細めた。

ゆきは、竜之介の妹だった。同じ御先手組・鉄砲組の与力、倉沢峰一郎《くらさわみねいちろう》に嫁ぎ、男児を産んだのである。その児の名が太助である。

「ねえ、竜之介」

せつが、静かだが、すこし鼻につくような声で言った。

「早く、内孫の顔がみたいものだねえ。……その前に、嫁をもらってくれないとね」

「こればっかりは縁ですから」

せつと孫兵衛は、竜之介に嫁をもらって欲しいらしいが、竜之介にはまだその気がなかった。それに、いまは、荒船屋に押し入った盗賊を捕らえることで頭が一杯である。

竜之介が、瀬川屋へ行ってみようと思い、腰を上げようとしたとき、玄関先で足音がし、対応に出たらしい六助《ろくすけ》の声が聞こえた。六助は、孫兵衛の代から雲井家に仕える下男である。

すぐに、居間の障子があき、六助が顔をだした。

「旦那《だんな》さま、平十という男が来ておりますが」

六助が、しょぼしょぼした目を竜之介にむけて言った。

「すぐ、行く」

竜之介は、急いで居間を出た。

ただごとではない、と思った。平十が、竜之介の家を訪ねてくることなどなかったのである。

平十はこわばった顔で戸口に立っていたが、竜之介の顔を見るなり、

「く、雲井さま、又吉が殺《や》られやした」

と、声をつまらせて言った。

「なに、又吉が」

竜之介は驚いた。三日前に、又吉に会ったばかりである。

「場所はどこだ」

竜之介は土間に下りながら訊いた。

「佐賀町の大川端でさァ」

竜之介は戸口から出ると、足早に通りに向かいながら、跟《つ》いてくる平十に、

「舟で来たのか」

と、訊いた。近くまで舟で来ていれば、深川も遠くないのだ。

「へい、和泉橋の近くにとめてありやす」

ていく。

「舟で佐賀町まで行ってくれ」

歩きながら、竜之介が言った。

「承知しやした」

竜之介は、和泉橋のたもと近くの桟橋にとめてあった猪牙舟《ちょきぶね》に乗り込んだ。平十は艫《とも》に立って艪《ろ》を漕《こ》いだ。竜之介の乗る舟は、神田川の川面《かわも》をすべるように下っていく。

2

大川の川面は初夏の陽射しを反射《はね》て、金箔《きんぱく》を流したようにかがやいていた。そのひかりのなかを、客を乗せた猪牙舟、屋根船、荷を積んだ艀《はしけ》、高瀬舟などが行き交っている。

竜之介の乗る舟は、両国橋をくぐると、水押《みお》しを深川方面にむけた。水押しが川面を切り、水飛沫《みずしぶき》が白くかがやきながら左右に散っていく。

新大橋をくぐり、左手に仙台堀にかかる上ノ橋が迫ってくると、平十は水押しを陸際に寄せた。左手の川沿いにひろがっている家並が、佐賀町である。

「雲井さま、着けやすぜ」

平十が声を上げ、桟橋に水押しをむけた。

ちいさな桟橋で、猪牙舟が三艘《そう》だけ舫《もや》ってあった。桟橋に人影はなく、舟は流れに物寂しそうに揺れていた。

平十が桟橋に船縁《ふなべり》を付けると、竜之介は桟橋に飛び下りた。

竜之介は平十が杭《くい》に舟をつなぐのを待ってから、短い石段を上って川沿いの通りに出た。

「こっちでさァ」

平十が先にたって、川下にむかった。

平十が歩きながら竜之介に話したことによると、今朝早く、船頭仲間から佐賀町の大川端でひとが殺されていると聞き、行ってみたそうだ。そして、殺されているのが、又吉と知り、すぐに舟に引き返して竜之介の許《もと》にむかったという。

「あそこで」

平十が指差した。

見ると、大川端に人垣ができていた。通りすがりの者や近所の住人たちらしい。すこし離れた路傍には、女子供の姿もあった。岡っ引きや下っ引きらしい男もいたが、まだ八丁堀《はっちょうぼり》同心の姿はなかった。

「どいてくんな」

平十が声をかけると、野次馬たちが慌てて左右に身を引いて道をあけた。平十の後ろに立っている竜之介を見て、町奉行所か幕府の目付筋の者と思ったようだ。

柳の樹陰に、岡っ引きらしい男がふたり屈《かが》み込んで、足元に目をやっていた。そこに、男が横たわっている。

竜之介はいそいで、柳の樹陰に近寄った。岡っ引きらしいふたりの男は、すぐに身を引いた。竜之介の顔を知っていたのかもしれない。

男は叢《くさむら》のなかに仰臥《ぎょうが》していた。叢にどす黒い血が飛び散っている。

……又吉！

竜之介は胸の内で叫んだ。

凄絶《せいぜつ》な死に顔だった。又吉は目玉が飛び出すほど目を瞠《みひら》き、口をあんぐりあけて死んでいた。大きくあけた口から、白い歯が覗《のぞ》いている。出血が激しかった。首だけでなく顔や胸の辺りまで、どす黒い血に染まっている。

……同じ手だ！

と、竜之介は察知した。

又吉は首を深く斬られていた。おそらく頸骨《けいこつ》も截断《せつだん》されているはずだ。荒船屋で見た番頭の増蔵の刀傷とよく似ていた。同じ下手人の手にかかったとみていいだろう。

……又吉は、押し込み一味に殺られたのだ。

まちがいない、と竜之介は踏んだ。

又吉は、鼠の安こと安次郎の行方を追い、情婦のお仙を探っていたのだ。おそらく、そのことを押し込み一味に気付かれ、始末されたのだろう。となると、安次郎を押し込み一味のひとりとみていいのではあるまいか。

そのとき、竜之介は何者かが背後に身を寄せてきた気配を感じた。

振り返ると、蜘蛛《くも》の茂平が立っていた。茶の腰切半纏《こしきりばんてん》に黒股引《ももひき》、手ぬぐいで頬っかむりしていた。大川端でひとが殺されていると耳にして、様子を見に来たのかもしれない。茂平は竜之介と目を合わせると、首をすくめるように頭を下げたが、何も言わなかった。茂平は寡黙な男である。

茂平の歳は、竜之介も知らなかった。四十がらみに見えるが、三十そこそこなのかもしれない。痩身《そうしん》で丸顔。肌が浅黒く、地蔵のような細い目をしていた。

茂平は、仲間内で蜘蛛と呼ばれていたひとり働きの盗人《ぬすっと》だった。盗みに入ると、家の者が寝込むまで蜘蛛のように天井にぶら下がっていたり、あまり気配を感じさせず暗がりに身をひそめていたりすることから、蜘蛛という異名がついたらしい。

茂平を捕らえたのは、竜之介だった。何者かは知れなかったが盗人仲間の密告で、竜之介は茂平が油問屋を狙っていることを知り、夜通し張り込んでいて捕らえたのである。

竜之介は茂平を吟味しながら、

……この男は使える。

と踏み、おれの密偵《てさき》にならねえか、と訊《き》くと、

「相手が盗人のときだけなら、やらせていただきやす」

と、答えたのだ。自分を密告《さ》した盗人仲間に仕返しをしてやりたかったらしい。

ところが、茂平は竜之介の密偵として動いているうちに、竜之介を信頼するようになり、盗人以外の事件のおりにも手を貸すようになったのだ。むろん、盗人の足は洗っている。竜之介が茂平に話しかけようとしたとき、人垣がざわめき、八丁堀の旦那だ、南町《みなみ》奉行所の尾崎さまだ、などという声が聞こえた。定廻《じょうまわ》り同心の尾崎峰次郎が、臨場したらしい。

……ついてこい。

竜之介は、茂平に目で合図して人垣を分けて後ろへまわった。尾崎と顔を合わせてもかまわなかったが、又吉が手先であることを知られたくなかったのである。

竜之介は人垣から離れ、川岸の柳の陰に立つと、

「又吉を殺ったのは、荒船屋に押し入った盗賊のひとりだろう」

と、茂平と平十に言った。

「又吉は、押し込みを探っていて殺られたんですかい」

茂平がくぐもった声で言った。

「それも、深谷の宗兵衛一味がかかわっているらしい」

「深谷の宗兵衛！」

茂平が、息を呑《の》んだ。顔に、怒りの色がある。

茂平のような盗人にとって、宗兵衛は特別な存在である。おそらく、茂平は宗兵衛の残虐極まりない手口を憎悪しているにちがいない。

「だが、宗兵衛はもう歳だ。……仲間の者がくわわっているだけかもしれねえ」

竜之介が言った。

「あっしも、荒船屋の手口が宗兵衛に似ているような気がしやしたが、宗兵衛はかなりの歳だし、十数年も前《めえ》のことなんで、そんなはずはねえ、と思っていやした」

茂平がくぐもった声で言った。細い目が、うすくひかっている。

「又吉は鼠の安と呼ばれていた男を嗅《か》ぎ出し、跡を追っていたのだ」

「旦那、鼠の安なら聞いたことがありやすぜ。……もっとも、安次郎という名だけで、塒《ねぐら》も仲間も知らねえが」

茂平が言った。

「鼠の安は、宗兵衛一味のひとりだったらしいのだ」

竜之介は、又吉から聞いたことをかいつまんで話した。

平十は竜之介の脇に立って、黙って話を聞いている。

「鼠の安がね」

茂平がつぶやくような声で言った。

「又吉は、鼠の安の居所を探るために情婦のお仙を追っていたらしい」

竜之介は、又吉がお仙がもみじ屋の女将《おかみ》だったことから、勤めていた黒江町の三笠屋までつきとめたことを話した。

「三笠屋ですかい」

「そこから先は分からねえ」

「三笠屋に、あたってみやしょう」

茂平が目をひからせて言った。

「茂平、気をつけろよ。……押し込み一味に、気付かれると又吉の二の舞いだぞ」

「へい」

茂平は竜之介にちいさく頭を下げると、足早にその場を離れた。

3

竜之介は、平十を連れて竪川《たてかわ》沿いの道を歩いていた。八ツ半（午後三時）ごろであろうか。陽は西の空にまわっていたが、陽射しは強かった。

風のない晴天だった。竪川の川面が陽射しを浴びて、油を流したようにギラギラひかっている。ときおり、荷を積んだ猪牙舟《ちょきぶね》の水押《みお》しが川面を分け、ひかりの波紋を刻みながら通り過ぎていく。

竜之介は、又吉の住んでいた本所相生町に来ていた。残された又吉の家族の暮らしぶりをみて、何かできることがあればしてやろうと思い、足を運んできたのだ。

又吉が殺されてから、五日経っていた。平十や寅六の話から、又吉は殺された翌日、尾崎の検屍《けんし》が済んだ後、相生町の長屋に運ばれたそうだ。そして、その翌日には長屋の住人と家族の手で葬式がおこなわれ、遺体は回向院《えこういん》に埋葬されたという。

残された家族は、又吉の母親のおときと弟の千次《せんじ》だった。千次は十八で、又吉と同じ鳶《とび》だという。

「雲井さま、伝兵衛店《でんべえだな》は、その下駄屋の脇でさァ」

平十が通り沿いの下駄屋を指差した。又吉の住んでいた長屋が、伝兵衛店である。

平十は、伝兵衛店に何度か来たことがあるらしい。

見ると、下駄屋の脇に長屋につづく路地木戸があった。

竜之介は平十の後について、路地木戸をくぐった。突き当たりに井戸があり、又吉の住んでいた家は、とっつきの棟の二番目の部屋とのことだった。

腰高障子の前に立つと、戸口近くで水を使う音がした。土間の隅の流し場で洗い物でもしているようだ。

「ごめんよ」

平十が声をかけて腰高障子をあけた。

土間の先が、六畳の座敷になっていた。部屋の端に若い男が胡座《あぐら》をかき、何やらひかる物を手にしていた。千次であろう。千次は、竜之介たちが入っていくとすぐに鞘《さや》に納めて尻《しり》の後ろに隠した。匕首《あいくち》らしかった。

千次の脇に仏壇があった。仏壇といっても、木箱に白布をかけただけである。その上に、位牌《いはい》と線香立てが置いてあった。短くなった線香から、白い糸のような煙が立ち上っている。

土間の隅の流し場に、粗末な身装《みなり》の女が立っていた。桶《おけ》に水を汲《く》んで、何か洗っていたらしい。

振り返って、竜之介と平十の姿を見ると、驚いたような顔をして身を硬くした。四十代半ばであろうか。ひどくやつれた顔をしていた。

「おときさんかい」

平十が訊いた。

「は、はい、どなたさまで」

おときは、竜之介に怯《おび》えたような目をむけた。無理もない。突然、貧乏長屋に武士が入ってきたのである。

「この方は、雲井竜之介さまだ。又吉から聞いたことがあるだろう」

平十がそう言うと、

「葬式に来られなかったので、焼香をさせてもらおうと思ってな」

そう言って、竜之介は部屋の隅に置いてあった仏壇に目をむけた。

「も、もったいない……」

おときは、慌てた様子で座敷に上がると、上がり框《かまち》のそばに膝《ひざ》を折って深く低頭した。又吉は、おときに竜之介のことを身分の高い者のように話していたのかもしれない。

千次も、おときの様子を見て座り直し、肩をすぼめて竜之介に目をむけた。千次は丸顔で、浅黒い肌をしていた。まだ、子供らしさが残っていたが、又吉に似て目付きが鋭かった。血走ったような目をしている。

竜之介は位牌に掌《て》を合わせて焼香をすませると、懐から折り畳んだ奉書紙を出して位牌の脇に置いた。五両つつんである。

竜之介はおときに膝をむけ、

「何かあったら、平十に話してくれ」

と言い置いて、立ち上がった。

おときは、畳に手をついて低頭したまま肩を震わせていた。込み上げてきた嗚咽《おえつ》に耐えているようである。

竜之介が腰高障子をあけて外へ出て歩きだしたとき、戸口から千次が飛び出してきた。千次は竜之介の前にまわり込み、地べたに正座すると、

「く、雲井さまに、お願いがありやす！」

と、声を震わせて言った。

竜之介を見上げた千次の顔は蒼《あお》ざめ、目がつり上がっていた。必死の形相である。

「どうしたのだ」

竜之介が千次に目をむけた。

「兄《あに》いを殺ったのは、だれなんです」

千次が強い口調で訊《き》いた。

「それが、まだ分からぬ」

「ち、ちくしょう！　おれが、探し出してやる」

千次が怒りに声を震わせて言った。膝の上で握りしめた拳《こぶし》が、ぶるぶると震えている。

「千次、下手人をつきとめてどうするつもりだ」

「兄いの敵《かたき》を討つんだ！」

千次が声を上げた。

どうやら、千次は又吉の敵を討つつもりで、さきほど匕首を手にしていたらしい。

「うむ……」

竜之介は、まずいと思った。千次が、又吉の跡をたどって歩きまわれば、安次郎はすぐに気付くだろう。おそらく、千次を始末するはずだ。

「千次、又吉の敵を討ちたいか」

「討ちてえ！」

千次が竜之介を見すえて言った。

「ならば、又吉を斬った下手人を探しまわるような真似はするな」

「ど、どうしてだ」

「下手人は、千次が探っていることを知れば、姿を消してしまう。江戸から逃走するようなことにでもなれば、又吉の敵は討てなくなるぞ」

竜之介は、千次が兄と同じように始末されるとは言わなかった。又吉の凄惨《せいさん》な死体を目にしている千次は、強い恐怖心を抱くだろう。まともに、町を歩けなくなるかもしれない、と竜之介は思ったのだ。

「で、でもよ」

千次は不服そうな顔をした。

「おれたちが、又吉の敵は討つ!」

竜之介は強いひびきのある声で言うと、きびすを返して歩きだした。

4

竜之介は、平十を連れて深川黒江町に来ていた。焼香のために伝兵衛店に行った三日後である。

竜之介は自分の目で三笠屋を見てみようと思ったのだ。それに、竜之介は安次郎だけでなく、又吉を斬った男も気になっていた。増蔵と又吉に残された刀傷をみて、下手人は手練《てだれ》だと踏んでいたのだ。

……首を刎《はね》る変わった剣を遣うようだ。

とも、竜之介は思っていた。

ふたりとも、一太刀で見事に首を刎られていたのだ。刀で、立っている相手の首を刎るのはむずかしい。刀身を水平か水平にちかい袈裟《けさ》に振らなければ、立っている者の首を刎ることはできない。

竜之介は、何者かは知れぬが、首を刎る特異な剣を遣う者が深川にいるのではないかとみた。そして、特異な剣を遣う者についても訊いてみようと思ったのだ。

陽気がいいせいもあってか、富ヶ岡八幡宮の表通りは賑《にぎ》わっていた。参詣客《さんけいきゃく》や遊山客が行き交い、着飾った町娘や子供連れの母親らしい女の姿も目についた。

「雲井さま、あれが三笠屋ですぜ」

平十が歩きながら、通りの右手にある料理屋を指差した。

二階建ての店で、店先に暖簾《のれん》が出ていた。戸口の脇に、つつじの植え込みとちいさな籬《まがき》があった。老舗《しにせ》らしい落ち着いた雰囲気のある店である。

まだ昼前だったので、客はいないらしく店はひっそりとしていた。

「店に入って話を聞くわけには、いかないな」

竜之介は通りに目をやった。

三笠屋の斜向《はす》かいに、小間物屋があった。櫛《くし》、簪《かんざし》などの他に、綺麗《きれい》な布で作った袋物なども並んでいた。その店の奥に狭い座敷があり、店のあるじがつくねんと座っていた。そこが、帳場になっているらしい。帳場といっても、隅にちいさな帳場机と小《こ》簞笥《だんす》が置いてあるだけである。

「小間物屋で訊いてみよう」

竜之介は小間物屋へ入った。平十は黙って跟《つ》いてきた。竜之介の従者のように見えるだろう。

「いらっしゃいまし」

あるじが、竜之介を見て驚いたような顔をして立ち上がった。武士の客は、めずらしいにちがいない。

「あるじか」

竜之介が訊いた。

「はい……」

あるじが不安そうな顔をした。客ではない、と分かったのだろう。

「手間をとらせてすまないが、訊きたいことがあってな」

竜之介はおだやかな声で言った。あるじが怖がっていては、まともに話が聞けないと思ったのである。

「なんでしょうか」

「斜向かいに、三笠屋という料理屋があるな」

「ございますが……」

「それがしは、さる大身《たいしん》の旗本に仕える者だが、縁あって黒江町に住む娘に女中として奉公してもらうことになってな。その娘が、三笠屋に勤めていたことがあると申すのだ。それで、どんな店かと知りたく思い、訪ねてまいった次第だ」

竜之介がもっともらしく言った。

「さようでございますか」

あるじの顔が、やわらいだ。たいした話ではないと思ったようだ。

「三笠屋のあるじの名を知っているかな」

竜之介が訊いた。

「はい、駒五郎《こまごろう》さんです」

「女将《おかみ》は？」

「おしげさんですけど……」

あるじが、そんなこと訊いて何になるんだ、といった顔をした。

「三笠屋は老舗のようだが、何代もつづいているのだろうな」

かまわず、竜之介が訊いた。

「老舗ですが、旦那《だんな》は代わりましたよ」

あるじによると、先代の八兵衛《はちべえ》は遊び好きで、あまり商売熱心ではなかったという。遊女屋に出かけたり、ときには賭場《とば》へも顔を出したりしたそうである。そのため、しだいに商いがかたむき、借金がかさんできた。さらに、賭場の貸元にも金を借りるようになったという。

「それで、どうにもやっていけなくなりましてね。店を売りに出したんです。……それを、駒五郎さんが居抜きで買い取ったというわけです」

あるじが、声をひそめて言った。近所の店のことなので、大きな声では言えなかったのだろう。

「いつごろの話なのだ」

「十二、三年前でしょうか」

「駒五郎という男だが、三笠屋を買う前は何をしていたのだ」

竜之介は、お仙と何かかかわりがあったのではないかと思ったのである。

「さァ、存じませんが……。八兵衛さんと賭場で知り合ったらしいなどという者もいますが、どうでしょうか」

あるじは首をひねった。噂を耳にしただけなのだろう。

「賭場でな」

駒五郎は、お仙ではなく安次郎とかかわりがあったのかもしれぬ、と竜之介は思った。

「あるじ、安次郎という男を知らぬか」

竜之介が訊いた。

「いえ、知りません」

すぐに、おやじが言った。ごまかしているようには見えなかった。

「ところで、三笠屋とはかかわりがないのだが、黒江町界隈《かいわい》で首を刎られて殺された者の話を聞いたことはないかな」

竜之介が、声をあらためて訊いた。

「黒江町で、そのような話は聞いたことがありませんが……」

あるじの顔がこわばった。竜之介の執拗《しつよう》な問いに、旗本屋敷に奉公することになった女中のことで、訊いているのではないと気付いたようだ。

「三笠屋に、うろんな武士が出入りしているようなことはないかな」

かまわず、竜之介が訊いた。

「そ、そのようなことはございません。……お武家さまは、御番所（町奉行所）の方でしょうか」

あるじが震えを帯びた声で訊いた。

「そうではない。三笠屋のことを知りたいだけだ」

竜之介はそう言ったが、あるじは信用しないようだった。こわばった顔で、視線を足元に落としている。

「手間をとらせたな」

竜之介は、これ以上訊いても無駄だと思い、小間物屋を出た。

表通りへもどった竜之介と平十は、通り沿いの店に立ち寄って安次郎とお仙のことを訊いたが、行き先をつきとめる手掛かりになるような話は聞けなかった。

「今日は、ここまでにするか」

竜之介が言った。

陽は西の家並の向こうに沈んでいた。まだ、上空は青かったが、西の空は茜色《あかねいろ》の夕焼けに染まっている。そろそろ暮れ六ツ（午後六時）であろうか。表通りを行き交う人々も、迫り来る夕闇に急《せ》かされるように足早に通り過ぎていく。

竜之介と平十は、表通りを大川端へむかって歩いた。今日は舟でなく、柳橋から歩いてきたのだ。

男がひとり、竜之介と平十の半町ほど後ろを歩いていた。格子縞《こうしじま》の単衣《ひとえ》を裾《すそ》高に尻《しり》っ端折《ぱしょ》りし、手ぬぐいで頬っかむりしていた。面長で顎《あご》がとがっている。又吉の跡を尾《つ》けた男である。

男は竜之介たちが小間物屋を出たときから尾けていたのだが、竜之介も平十も気付かなかった。男は竜之介たちから半町ほど間をとったまま尾けていく。

竜之介たちは大川端の通りへ出ると、川上にむかって歩きだした。このまま瀬川屋まで歩いて帰るつもりだった。

男は竜之介たちが川上にむかったのを見て、右手の路地へ駆け込んだ。路地をたどって、先まわりするつもりであろうか。

5

竜之介と平十は永代橋《えいたいばし》のたもとを通り過ぎ、佐賀町に入った。すでに、暮れ六ツの鐘は鳴り、辺りは淡い暮色につつまれていた。

大川の川面は黒ずみ、無数の波の起伏を刻みながら江戸湊《みなと》の海原まで広漠とつづいている。日中は海原に白い帆を張った大型廻船《かいせん》も見えるのだが、いまは荒涼とした海面がひろがっているだけで、船影は見えなかった。足元の汀《みぎわ》に打ち寄せる川波の音が、物悲しく聞こえてくる。

大川端の通りには、ぽつぽつと人影があった。居残りで遅くまで仕事をした出職の職人、仕事帰りに一杯ひっかけたらしい大工、これから飲みにでも行くらしい遊び人ふうの男などが、通り過ぎていく。

通り沿いの表店《おもてだな》は大戸をしめ、ひっそりとしていた。軒下や川沿いに植えられた柳の樹陰には、濃い夕闇が忍び寄っている。

「すこし、急ごう」

竜之介は足を速めた。暗くならないうちに、瀬川屋へ帰りたかったのである。

竜之介たちが油堀《あぶらぼり》にかかる下ノ橋のたもとまで来たとき、背後からヒタヒタと近付いてくる足音がした。

竜之介はそれとなく振り返って見た。手ぬぐいで頬っかむりし、着物を裾高に尻っ端折りした男が、すこし前屈《まえかが》みの恰好で歩いてくる。中背で痩身《そうしん》だった。

……あやつ、通りすがりの者ではない。

と、竜之介は察知した。

男の身辺に殺気があった。獲物に迫る一匹の狼のような雰囲気がある。

「後ろのやつ、あっしらを狙っているかもしれやせんぜ」

平十が低い声で言った。平十も、男の身辺にただよっているただならぬ気配を感じとったようだ。

「そうらしいな」

竜之介は歩調も変えなかった。相手は町人である。しかも、ひとりだった。竜之介は、男を捕らえようと思った。何者か知りたかったのだ。

竜之介たちは下ノ橋を渡り始めた。

背後の男の足が速くなり、竜之介たちとの間がつまってきた。

「雲井さま、前にもいやす！」

平十が甲走った声を上げた。

橋の近くの岸辺に植えられた柳の陰に、黒い人影があった。夕闇にとざされて顔ははっきりしなかったが、武士であることは分かった。袴《はかま》姿で二刀を帯びている。

「挟み撃ちか」

後ろの男と前の武士は、仲間だろう、と竜之介は思った。

「どうしやす」

平十がこわばった顔で訊《き》いた。

「平十、匕首《あいくち》は持ってるか」

「も、持ってやすが……」

平十の声は、震えを帯びていた。平十は、喧嘩《けんか》や刃物をふるったりすることは苦手だった。

「後ろのやつの相手をしてくれ。……なに、匕首をむけて逃げまわればいい。その間におれが、もうひとりを片付けてやる」

竜之介は腕に覚えがあった。咄嗟《とっさ》に、平十が時を稼げば、その間に武士を斃《たお》せると踏んだのだ。

竜之介は神道無念流の達者だった。少年のころ、麴町《こうじまち》に屋敷のある叔父《おじ》の室山甚之《むろやまじんの》助《すけ》に勧められ、麴町にあった神道無念流の戸賀崎熊太郎《とがさきくまたろう》の道場に入門した。

竜之介は剣術が好きだった。熱心に稽古《けいこ》に取り組み、剣の天稟《てんぴん》もあったらしく、二十歳になるころには、師範代にも三本のうち一本は取れるほどに上達した。その後、三年ほどして父が隠居し、御先手弓組に出仕することになって戸賀崎道場をやめたが、火盗改与力になるまで自己流で剣の工夫をつづけたのである。

神道無念流の祖は福井兵右衛門《ふくいへいえもん》だが、その名をひろめたのは戸賀崎熊太郎である。戸賀崎の跡を岡田十松《おかだじゅうまつ》が継ぎ、道場を撃剣館《げっけんかん》と称し、三千人余の門弟を集めて隆盛した。

竜之介と平十が橋を渡り終えると、柳の陰にいた武士が通りに出てきた。黒頭巾《くろずきん》をかぶっていた。小袖《こそで》にたっつけ袴で、黒鞘《くろざや》の大小を帯びている。

武士は、行く手をふさぐように通りのなかほどに立った。中背で、首が太く胸が厚かった。どっしりとした腰をしている。

……こやつ、できる！

と、竜之介は察知した。

武士の身辺に隙がなかった。その体付きからも、武術の修行で鍛えた体であることはみてとれた。

竜之介は武士と五間ほどの間合をとって足をとめた。斬撃《ざんげき》の間合からは、まだ遠い。

そのとき、背後から尾けてきた男が走り寄り、竜之介の右手にいた平十の前にまわり込んできた。右手を懐につっ込んでいる。匕首でも呑《の》んでいるようだ。

「おれたちに、何か用か」

竜之介は左手で刀の鍔元《つばもと》を握り、鯉口《こいぐち》を切った。

「……斬る」

武士が低い声で言った。頭巾の間から、細い目が竜之介を見つめている。獲物を待つ蛇のような目である。

「うぬの名は」

竜之介が誰何《すいか》した。

「名など忘れたな」

武士は左手で鯉口を切ると、ゆっくりとした動きで抜刀した。

「やるしかないようだな」

竜之介も抜いた。

武士は青眼に構えてから切っ先を下げ、腰を沈めて刀身を右手にむけた。奇妙な構えだった。下段のように刀身を下げていたが、切っ先を右足よりさらに右手にむけている。

……脛《すね》を薙《な》ぐ構えか！

と、竜之介はみた。右手から刀を払って、脛を斬るつもりではあるまいか。

武士の構えには、下から突き上げてくるような威圧があった。並の遣い手ではないだろう。

……この男が、増蔵と又吉を斬ったにちがいない。

と、竜之介は確信した。ただし、この低い構えから、首を刎《はね》るのはむずかしい。おそらく、連続して二の太刀をふるってくるのだろう。

竜之介は八相に構えた。両拳《こぶし》をやや後ろに引き、刀身を寝せていた。斬撃の起こりを迅《はや》くするために、竜之介が工夫した構えである。

一瞬、武士の切っ先が揺れた。竜之介の変わった構えに驚き、肩に力が入ったためである。だが、すぐに切っ先の揺れはとまった。己の感情を消したのである。

感情の乱れは、一瞬の勝負を左右する。遣い手になるほど、平常心で勝負に臨めるよう鍛練を積んでいるのだ。

竜之介と武士は、五間ほど間合をとって対峙《たいじ》した。

一方、平十は、頬っかむりした男を前にして匕首を構えていた。腰が引け、顔が恐怖でひき攣《つ》っている。

男も匕首を手にしていた。体をすこし前屈みにし、胸の前で匕首を構えている。頬っかむりした手ぬぐいの間から、底びかりしている双眸《そうぼう》が見えた。身辺に、餓狼《がろう》を思わせるような不気味さがただよっている。

6

ジリッ、ジリッ、と武士が間合をせばめ始めた。爪先《つまさき》で地面を擦るようにして、迫ってくる。ただ、体も右手に下げた刀身も、まったく揺れなかった。構えをくずさず、ゆっくりと身を寄せてくる。

……見事な寄り身だ！

竜之介は、背筋を冷たい物で撫《な》でられたような気がして身震いした。だが、恐怖や怯《おび》えはなかった。むしろ、闘気は高まっている。身震いしたのは、剣客が強敵と対峙したときの一時的な強い気の昂《たかぶ》りであった。武者震いである。

竜之介も、趾《あしゆび》を這《は》うようにさせてすこしずつ間合をつめ始めた。ふたりの間合が、お互いが相手を引き合うようにせばまっていく。

間合がせばまるにつれ、ふたりの体に気勢が満ち、斬撃の気配が高まってきた。

竜之介は、すべての気を敵に集中していた。時の流れも、音も消えていた。痺《しび》れるような剣気《けんき》がふたりをつつんでいる。

ふいに、武士の寄り身がとまった。一足一刀の間境《まざかい》の一歩手前である。つづいて、竜之介も足をとめた。

武士の全身に気勢がみなぎり、痺れるような剣気をはなっている。

……この間合では、仕掛けてもとどかぬ。

と、竜之介はみてとった。

だが、武士の斬撃の気配はさらに高まり、いまにも斬り込んできそうだった。

ピクッ、と武士の切っ先が動いた。刹那《せつな》、武士の全身に斬撃の気がはしった。

イヤアッ！

タアッ！

ふたりの裂帛《れっぱく》の気合が静寂を劈《つんざ》き、体《たい》が躍動した。

刹那、竜之介の切っ先が、稲妻のように夕闇を袈裟《けさ》に切り裂いた。間髪をいれず、武士の切っ先が逆袈裟に疾《はし》った。

袈裟と逆袈裟。

二筋の閃光《せんこう》が眼前で合致し、キーン、という甲高い金属音を発し、青火が散ってふたりの刀身が上下に跳ねた。

次の瞬間、ふたりはほぼ同時に二の太刀をはなった。一瞬の連続技である。

竜之介は振り上げざまふたたび袈裟へ。

武士は刀身を返して横一文字に。

竜之介の切っ先が稲妻のように武士の肩口を襲い、武士の切っ先が刃唸《はうな》りをたてて竜之介の首筋に伸びてきた。

　パサッ、と竜之介の着物の右の肩口が裂けた。首筋を狙った武士の切っ先が、竜之介の肩口を浅くとらえたのである。

　一方、武士の着物も肩から胸にかけて裂けていた。

　ふたりは二の太刀をふるった次の瞬間、大きく後ろに跳んで間合をとった。

　……この剣か！

　竜之介は、武士のはなった二の太刀が、首を刎る剣だと察知した。遠間から逆袈裟に斬り上げ、刀身を返しざま腰を伸ばして横一文字に払うのだ。その切っ先が、敵の首を横に深く斬る。

　竜之介は、この武士が増蔵と又吉を斬った下手人だと確信した。となると、武士は荒船屋に押し入った盗賊のひとりということになる。もうひとりの町人も、仲間とみていいのではあるまいか。

「なかなかの剣だ」

　武士が竜之介を見すえて低い声で言った。目に驚愕《きょうがく》の色があった。竜之介の遣った剣に、驚いたらしい。

　竜之介の遣った剣は、竜之介が独自に工夫したものだった。竜之介の剣を知っている者のなかに、「雲竜《うんりゅう》」と呼ぶ者がいた。雲井の雲と竜之介の竜からとったのだが、それだけではない。袈裟に二度ふるう刀身のひかりが、黒雲を切り裂く稲妻を思わせ、八相に構えて立つ竜之介の姿が、昇り竜を想像させたからでもある。

もっとも、竜之介が雲竜と口にすることはまれだった。仰々しい剣名に思われたからである。

「おぬしの、首を刎る剣もな」

竜之介は、武士の剣も己で工夫したものだろうと思った。

「初手は互角か」

武士が言った。双眸が切っ先のようにひかり、唇が赤みを帯びていた。武士の気が、異様に高揚しているのだ。

「そのようだな」

お互い着物を裂かれたが、血の色はなかった。遠間から仕掛けたために、切っ先が肌までとどかなかったのだ。

「いくぞ！」

武士が、ふたたび刀身を下げ、切っ先を右手にむけた。この構えから、逆袈裟に斬り上げるのである。

竜之介も八相に構え、やや刀身を寝せた。ただ、さきほどよりも両拳を高くとった。初太刀の斬撃を強くするためである。逆袈裟と袈裟の太刀の刃が嚙《か》み合ったとき、斬撃が強ければ、武士の体勢をくずせると踏んだのだ。

ふたりの間合は、およそ四間。まだ、斬撃の間境の外である。武士も、ジリジリと間合をつめてくる。

竜之介は趾を這うようにさせて、間合をせばめ始めた。

そのときだった。

ワアッ！　という平十の悲鳴が聞こえた。

一瞬、竜之介が視線を投げると、肩口を押さえて後じさる平十の姿が見えた。着物の左肩が裂け、血の色があった。

平十は匕首《あいくち》を手にしていたが、構えようとしなかった。恐怖に顔をひき攣らせ、腰から後じさっていく。

手ぬぐいで頬っかむりした男は、匕首を胸の辺りに構え、足裏を擦るようにして平十に迫った。

……平十が殺《や》られる！

と、竜之介は思った。

平十を助けるためには逃げるしかない、と竜之介はみて、すぐに仕掛けた。

イヤアッ！

裂帛の気合を発し、竜之介はいきなり武士にむかって疾走した。

一瞬、武士は驚いたように身を硬くしたが、すぐに斬撃の構えをみせた。竜之介の攻撃に対応しようとしたのである。

竜之介は斬撃の間境に迫るや否や仕掛けた。

八相から袈裟へ。たたきつけるような強い斬撃である。

間髪をいれず、武士が鋭い気合とともに逆袈裟に斬り上げた。

二筋の閃光が袈裟と逆袈裟にはしり、眼前で合致した。

甲高い金属音とともに青火が散り、ふたりの刀身が上下に弾《はじ》き合った。瞬間、武士の体勢がわずかにくずれた。竜之介の強い斬撃に押されたのである。だが、武士は体勢をくずしながらも二の太刀をはなった。すばやい反応である。

竜之介の首筋をねらって横一文字に。

竜之介は二の太刀をふるわなかった。走りざま袈裟に斬り込み、そのまま武士の脇を擦り抜けようとした。

横一文字にふるった武士の切っ先が、竜之介の首筋をかすめて空を切った。一瞬、武士が体勢をくずしたため、横に払った刀身の伸びがたりなかったのだ。

竜之介は武士の脇を走り抜けると、平十に匕首をむけている男に突進した。

男は脇から急迫してくる竜之介を目にすると、慌てて後ろに跳び、さらに通り沿いの商家の軒下へ逃げた。

「平十、逃げろ！」

竜之介が叫んだ。

「へ、へい」

平十は、弾かれたように駆けだした。

平十は匕首を手にしたまま、必死で両国橋の方へ走っていく。竜之介も抜き身をひっ提げたまま走った。

「に、逃げるか！」

武士が追ってきた。町人もつづく。

平十の逃げ足は速かった。竜之介も、遅い方ではない。跡を追うふたりと竜之介たちの間はつまらなかった。

竜之介たちは必死に走った。間はつまらなかったが、跡を追うふたりは執拗《しつよう》だった。あきらめずに追ってくる。

前方に、仙台堀にかかる上ノ橋が見えてきた。橋上に黒い人影があった。職人ふうの男が三人いる。酒を飲んだ帰りらしかった。下卑た笑い声を上げながらこちらへ歩いてくる。竜之介と平十が橋を渡り始めると、三人の男は竜之介たちに気付いたらしく、笑い声がやんだ。つづいて、ひとりが、

「辻《つじ》斬りだ！」

と、叫んだ。竜之介が手にしていた抜き身を目にしたらしい。

「助けてくれ！」

もうひとりが、反転して駆けだした。他のふたりも悲鳴を上げて逃げていく。竜之介たちに、襲われると思ったようだ。

その三人の跡を追うように、竜之介と平十は走った。上ノ橋を渡り終え、一町ほど走ると、背後から追ってくる足音が聞こえなくなった。

竜之介が、足をとめて振り返った。

武士と頬っかむりした男は橋の上にいた。足をとめて、こちらを見ている。追うのをあきらめたらしい。武士の手にした刀が、濃い夕闇のなかで青白くひかっている。

ふたりの男は、きびすを返して歩きだした。いっときすると、ふたりの姿は橋の向こうに消えた。

「平十、傷は」

竜之介が息を弾ませながら訊《き》いた。

「か、かすり傷でさァ」

平十も、荒い息を吐いている。

肩の傷は浅手らしかった。出血も、わずかである。

三人連れはかなり遠方まで逃げ、川岸に立ってこちらに顔をむけていた。

7

「竜之介、風間どのがみえてますよ」

障子の向こうで、せつの声がした。何かあったらしく、せつの声に慌てているようなひびきがあった。

居間にいた竜之介は、すぐに廊下に出た。

「か、風間どのが、玄関先に……。中へ入るように、言ったのですがね、急いでいるので、おまえを呼んで欲しいと言われるのだよ」

せつが、声をつまらせて言った。

すぐに、竜之介は玄関にむかった。ともかく、風間から話を聞くのが先だ、と思ったのである。

風間が戸口に立っていた。剽悍《ひょうかん》そうな顔をこわばらせている。

「風間、何かあったのか」

竜之介が訊いた。

「また、やられました。押し込みです」

「なに！　どこの店だ」

「はい、日本橋本町の薬種問屋、伊東屋《いとうや》です」

日本橋本町は、薬種問屋や売薬屋が多い町である。なかでも、伊東屋は薬種問屋の大店《おおだな》として知られていた。

「殺された者がいるのか」

「八人、店にいた者が殺されました」

風間の声がかすかに震えた。強い怒りが、胸に衝《つ》き上げてきたらしい。

「八人だと！」

大勢だ、と竜之介は思った。

「ともかく、行ってみよう」

竜之介は、いったん奥へもどり大小を帯びてきた。

竜之介たちは、小身の旗本や御家人《ごけにん》の屋敷のつづく御徒町の通りを神田川方面にむかった。町筋を急ぎ足で歩きながら、風間が話したことによると、風間の使っている手先が、今朝早く、伊東屋に盗賊が押し入ったことを知らせに来たという。風間は、本町へむかう前に、竜之介の屋敷に立ち寄ったそうだ。

竜之介たちは、神田川にかかる和泉橋を渡って柳原《やなぎわら》通りへ出ると、筋違《すじかい》御門の方へいっとき歩いてから左手の通りへ入った。

町家のつづく通りをしばらく歩くと、中山道に出た。右手の日本橋方面へ行けば、本町へ出られる。

賑《にぎ》やかな本町の表通りを数町歩いたところで、

「あの店です」

風間が歩きながら前方を指差した。

土蔵造りの二階建ての店舗の前に、大勢のひとだかりができていた。通りすがりの野次馬たちらしい。

店の庇《ひさし》の上に屋根看板が出ており、『楽寿丸《らくじゅがん》、伊東屋』と記されていた。楽寿丸は伊東屋で売り出している薬名である。

表の大戸はしまっていたが、脇の一枚だけあいていた。その前に、町方同心の手先らしい男がふたり、いかめしい顔で立っていた。

風間がふたりの前に近付いて何やらささやくと、ふたりは慌てた様子で身を引き、竜之介と風間に頭を下げた。火盗改であることを伝えたのだろう。

店のなかは、薄暗かった。土間の先に、売り場の座敷があり、左の奥が帳場になっていた。右手は薬種を入れた引き出しがびっしりと設置され、正面の奥に天秤《てんびん》や薬研《やげん》がいくつも並べられていた。よどんだような空気のなかに、薬種の匂いがただよっている。

土間に、岡っ引きと下っ引きらしい男が数人立っていた。売り場の座敷にも、七、八人いる。

帳場格子の前には、定廻《じょうまわ》り同心の尾崎の姿があった。そのまわりにも、数人手先がいた。尾崎の足元に、男がふたり横たわっていた。殺された店の奉公人らしい。

竜之介と風間が近付くと、尾崎が顔をむけ、

「これは、雲井さま、ごくろうさまです」

と言って、頭を下げた。

尾崎の口元に薄笑いが浮いたが、すぐにけわしい顔にもどった。大事件に臨場し、私情をはさむ余裕などなかったのだろう。

「死骸《ほとけ》を拝ませてもらうぞ」

竜之介は横たわっている死体に近付いた。

「どうぞ、どうぞ」

尾崎は後ろに身を引き、わたしは、奥の死骸を拝んできますよ、と言い置いて、その場を離れた。火盗改といっしょに検屍《けんし》をつづけるわけにはいかなかったようだ。

畳の上に、ふたりの死体が横たわっていた。寝間着姿である。

竜之介は、折れたように首をまげている死体に目をやり、

……同じ手だ！

と、直感した。

五十がらみと思われる男だった。番頭であろうか。苦悶《くもん》に顔をゆがめ、目を大きく瞠《みひら》いたまま表情をとめていた。首が截断《せつだん》され、首根から白い頸骨《けいこつ》が覗《のぞ》いている。辺りは桶《おけ》で撒《ま》いたように血が飛び散っていた。

「下手人は、荒船屋と同じようですね」

風間がけわしい顔でつぶやいた。風間も首の斬り口を見て、同じ下手人の手にかかったと踏んだようだ。

「そのようだ」

竜之介の脳裏に、大川端で襲ってきた武士がよぎったが、そのことは口にしなかった。検屍が済んでから風間に話すつもりだった。

もうひとりは、三十代半ばと思われる痩《や》せた男だった。血だらけになって、横臥《おうが》していた。刃物で斬られた傷が二か所あった。後ろから袈裟《けさ》に斬られた傷が肩口にあり、もうひとつは腹をえぐられた傷だった。腹の傷は深く、傷口から黒ずんだ臓腑《ぞうふ》が覗いていた。下手人は刀を遣ったのではないようだ。肩口の傷は、匕首か脇差で斬られたような短いものだった。脇差で背後から袈裟に斬りつけ、さらに別の者が正面から腹をえぐったのかもしれない。いずれにしろ、首を截断した下手人とは別人の手にかかったようだ。

「おい、生き残った者はいないのか」

竜之介が、近くにいる岡っ引きに訊いた。

「ふたり、おりやす」

初老の岡っ引きによると、台所の脇の部屋で寝ていた下働きの男と丁稚《でっち》のひとりが助かった。丁稚は賊が侵入したとき厠《かわや》に入っていて助かったという。

……後で、訊いてみるか。

竜之介は、先に殺された者たちを検屍しようと思った。

他に、六人の死体があった。一階は手代部屋の前の廊下でひとり、丁稚部屋でふたりである。

廊下の死体は首を刎《はね》られていた。帳場で首を刎られていた男の傷とよく似ている。おそらく、同じ下手人によるものであろう、他のふたりは脇差や匕首によって斬られたり、刺されたりしたと思われた。

二階で、三人斬り殺されていた。家族である。後で分かったことだが、あるじの仙《せん》蔵《ぞう》、女房のお松《まつ》、それに七つになる娘のおとしであった。三人は、寝間で斬り殺されていた。寝間は血の海だった。目を覆いたくなるような惨状である。

……おのれ！　盗賊どもめ。

竜之介は、胸の内で怒りの声を上げた。

8

「名は」

竜之介が訊いた。

検屍を終えた後、竜之介は生き残った丁稚を帳場に呼んだのだ。

「せ、清吉《せいきち》……」

丁稚が身を顫《ふる》わせて言った。十三、四であろうか。痩せて、棒のように細い手をしていた。顔が紙のように蒼《あお》ざめ、激しく身を顫わせていた。

「厠にいたそうだな」

厠は、丁稚部屋の斜《はす》向かいにあった。そこは、廊下からすこしひっ込んでいた。

「は、はい、厠から出ようとしたとき、帳場の方で悲鳴が聞こえました。それで、押し込みが入ったと思って、厠から出ませんでした」

清吉によると、荒船屋に押し入った盗賊のことが胸によぎり、見つかったら殺されると思ったという。

「すると、賊は見なかったのだな」

「み、見ませんでした」

清吉は夜が明け、辺りが明るくなるまで厠のなかで顫えていたという。

「うむ……」

何の役にもたたぬ、と竜之介は思ったが、

「何か覚えていることはないのか」

と、声をあらためて訊いた。

「話している声を聞きました」

「押し込みの声を聞いたのか？」

「は、はい」

清吉によると、厠にいるとき廊下を歩く足音とともにくぐもったような話し声が聞こえたという。

「どんな話をしてた」

竜之介が訊いた。

「……ひとりが、マサジ、金はどれほどか、と訊きました。すると、別の男が、千両はかたい、と答えてました。聞いたのは、それだけです」

清吉が、声を震わせて言った。

どうやら、一味のなかに、マサジ、という名の男がいたらしい。

「金は内蔵《うちぐら》にしまってあったのだな」

「はい」

「千両もの大金を奪ったのか」

大金である。おそらく、荒船屋と同じように番頭と手代を帳場に呼び出し、内蔵の鍵《かぎ》をあけさせて金を奪い、その後ふたりを斬り殺したのだろう。盗賊は内蔵から金を運び出すおり、廊下を通りながら話した。その会話を清吉が耳にしたようだ。

竜之介は、さらにその夜のことを訊いたが、清吉は他のことは何も知らなかった。

清吉につづいて下働きの梅吉《うめきち》に訊いたが、梅吉は寝込んでいて、夜が明けるまで盗賊が入ったことも知らなかったという。梅吉は店の裏手の台所にちかい納戸のような部屋で寝ており、廊下や内蔵とも離れていた。それで、目が覚めなかったのだろう。

竜之介は表の土間にもどると、

「風間、賊の侵入場所が分かったか」

と、訊いた。竜之介が梅吉の訊問《じんもん》を始めたとき、風間は賊の出入り口を確かめてくると言って、竜之介のそばを離れていたのだ。

「荒船屋と同じです。裏口の戸が、破られています」

風間が言った。

「同じ一味にまちがいないな」

「それにしても、むごい手口です」

風間が顔をしかめた。

「一味のなかに、宗兵衛とかかわりのある者がいるのはまちがいない。……それに、いくらか一味の様子が知れてきた」

賊は七人。そのなかに宗兵衛の一味らしい安次郎、腕のたつ武士、それにマサジという名の者がいるようだ。

「実はな、五日前、おれと手先が盗賊一味と思われる者に襲われたのだ」

竜之介は、そのときの様子を風間の耳に入れておこうと思った。

「雲井さまが！」

風間が驚いたような顔をした。

「大川端を歩いているときにな」

竜之介はそのときの様子をかいつまんで話し、

「武士は、まちがいなく盗賊一味のひとりだ。荒船屋の増蔵とおれの手先の又吉を斬ったのも、その男とみていい」

と、語気を強くして言い添えた。

「なにゆえ、雲井さまたちを襲ったのでしょうか」

「探索の手を逃れるためだな。盗賊一味は、探索の手が身近に迫ったとみて、消しにかかったのだろう」

竜之介は、殺された又吉と同じように、お仙と鼠の安こと安次郎の行方を探っていたことを話した。

「すると、その安次郎も、盗賊のひとりですか」

「そうみていいな」

「安次郎とマサジ、それに腕の立つ武士ですか。すこし、みえてきましたね」

風間が言った。

「それに、一味のだれかが、深川黒江町界隈《かいわい》に身を隠しているような気がする」

竜之介と平十が跡を尾《つ》けられたのも、黒江町界隈に一味の目があったからだろうと思われたのだ。

「黒江町ですか」

風間の目がひかった。

「風間、油断するなよ。やつら、探索の手が迫ってきたとみれば、すぐに始末しようとするぞ」

竜之介は、一味のなかの武士が殺し役ではないかとみていた。

「油断はしません」

風間が顔をけわしくして言った。

第三章　蜘蛛《くも》の茂平《もへい》

1

蜘蛛《くも》の茂平は、三笠屋の裏口のすぐ脇の深い闇に身を寄せていた。寄せるというより、張り付いていたといった方がいい。戸口のすぐ脇の板壁に、ピタリと背を張り付けて息を殺している。

四ツ半（午後十一時）ごろだった。上空に弦月が出ていたが、辺りは夜陰につつまれている。茂平は黒の筒袖《つつそで》に黒股引《ももひき》姿だった。顔は黒布で、頬っかむりしている。茂平が盗人《ぬすっと》として家屋敷に忍び込むときの扮装《いでたち》だった。茂平の姿は闇に溶け、その輪郭さえも見えなかった。

三笠屋は半刻《はんとき》（一時間）ほど前まで、二階の座敷に何人もの客がいた。酒席から聞こえてくる酔客の哄笑《こうしょう》や女中の嬌声《きょうせい》、三味線の音などで賑《にぎ》やかだったが、時とともに静かになり、いまは二階の座敷の灯も消えて、ひっそりとしていた。ただ、板場には、まだ女中や包丁人などが残っているらしく、話し声や水を使う音などが聞こえてきた。

後片付けをしているらしい。

それからいっときすると、背戸《せど》があいて、女中らしい女がふたり出てきた。ふたりの女はひそんでいる茂平のすぐ脇を通ったが、気付かなかった。

……あと、ふたりか。

茂平は板場で聞こえていた話し声から、残って後片付けをしているのは四人だとみていた。女がふたり、男がふたりである。その四人のうちのふたりが帰った。残っているのは、男ふたりである。

女ふたりが出ていって間もなく、引き戸があいて、四十がらみの男がひとり出てきた。

「智助《ともすけ》、先に帰《けえ》るぜ」

男はそう言うと、後ろ手に引き戸をしめて歩きだした。残っているのは、智助という男らしい。

見ると、引き戸がしめきってなく、五寸ほどあいていた。

……いまだ！

茂平はすばやく背戸に近寄り、引き戸をさらに五寸ほどあけて、スルリと身を入れた。なかは薄暗かった。若い男がひとり、流し場に立って、こちらに背をむけていた。洗い物をしているらしい。見習いの包丁人であろう。

男が目をむけても気付かないだろう。

茂平は大きな竈《へっつい》の脇の暗がりに身を寄せた。茂平の姿は闇につつまれているので、

茂平は暗がりのなかで凝《じっ》としていた。若い男が帰るのを待っていたのである。これ

が、茂平の盗人だったころのやり方だった。夜陰にまぎれて家屋敷のなかに侵入し、

家人がいなくなるか寝込むのを待っているのである。ただ、今夜は盗みに入ったわけ

ではない。三笠屋を探りに来たのだ。

茂平は竜之介から安次郎とお仙の話を聞いたとき、三笠屋を探ってみようと思った。

その後、三笠屋の近所で聞き込んでみたが、安次郎とお仙を手繰るような手掛かりは

何も得られなかった。

……面倒だ。三笠屋にもぐり込んで、探ってやる。

と茂平は思い、店内に侵入する気になったのだ。

茂平が板場に侵入してしばらくすると、若い男は洗い物を終えて背戸から出ていっ

た。男が出ていってすぐ、別の男がひとり、背戸の戸締まりにきた。戸締まりといっ

ても、心張りをかうだけだった。男は下働きか、住み込みの包丁人かであろう。

男は、土間の先の板敷きの間で点《とも》っていた行灯《あんどん》を消していったので、板場はさらに

深い闇につつまれた。

……さて、おれの仕事は、これからだな。

茂平は竈の陰から土間に出た。

茂平は竈や薪置き場などのある土間から板場に上がった。そこは、板敷きの間になっていて、食器や酒器などの棚が並んでいた。その先には、座敷につづく廊下がある。茂平は足音を忍ばせて、店先の方へむかった。廊下は暗かったが、表の帳場ちかくに明かり取りの窓でもあるのか、かすかな月明かりが射し込んでいた。それに、茂平は夜目が利くので、闇に迷うようなことはなかった。

板場に近い部屋で、かすかな物音がした。耳を澄ますと、夜具を動かす音や寝息であることが分かった。奉公人が寝ているらしい。

廊下沿いの他の部屋は、深い静寂につつまれていた。客を入れる座敷かもしれない。茂平は廊下を忍び足で歩き、表の戸口近くまで来た。そこは狭い板敷きの間になっていて、左手に帳場があり、右手に二階に上がる階段があった。帳場も深い闇につつまれている。盗人なら帳場に入って金を探すところだが、茂平は帳場には入らず、板敷きの間や戸口の土間に目をやった。床下に侵入する場所を探したのである。

……ねえな。仕方がねえ、板場からもぐるか。

茂平は、すぐに板場へ引き返した。板場から床下にもぐり込むつもりだった。

料理屋や宿屋などの板場や台所には、漬物樽《だる》や芋類、ごぼうなどを貯蔵するための場所が床下にあることが多い。そこは、床板を取り外すことができるようになっていて、床下にもぐり込めるのだ。盗人として多くの家屋敷に侵入していた茂平は、床下や天井裏に忍び込む方法を知っていたのである。

……あった、あった。

流し場のある板敷きの間の隅に、床板が外れるようになった場所があった。

床板を外すと、思ったとおり漬物樽が並べてあった。漬物の匂いが鼻についたが、茂平は床下にもぐり込み、床板を元にもどしてから漬物樽の脇を這《は》って店の表の方へむかった。床下は漆黒の闇だった。夜目の利く茂平にも、まったくどこに何があるか見えない。

だが、茂平はこうしたことに慣れていたし、勘も働いた。手探りで、音もたてずに店の表の方へ這っていく。しばらく床下を進むと、行きどまりになった。床下の地面と床板を支える根太《ねだ》の間が狭く、それ以上進めなくなったのだ。

……廊下の下へ行くか。

茂平は、さきほど店先にむかった廊下の方へ移動した。根太や柱を手で触れながら勘で進んだ。しばらく這うと、頭上が板張りだけになっているところに出た。廊下の下らしい。そこは、帳場の近くらしかった。

……さて、一眠りするか。

夜が明け、店の者が動き出すまで待たねばならない。長丁場である。

茂平は床下の闇のなかに身を伸ばした。熟睡することはできないが、いっとき仮眠しようと思ったのである。

茂平は廊下を歩く音で目を覚ました。頭上の廊下に張られた板の隙間から、かすかなひかりが射し込んでいる。

夜が明けたようだ。

三笠屋が動き出したのは、茂平が足音を聞いてからさらに一刻（二時間）ちかくも経ってからだった。料理屋の朝は遅いのである。

ときおり、茂平の頭上で廊下を歩く足音や話し声が聞こえたが、たわいもない会話ばかりだ、お仙や安次郎の探索に役立つような話は聞けなかった。

昼ちかくなっていたのだろうか。頭上で女中らしい女の足音が聞こえて間もなく、ふたりの重い足音がし、お仙は、どうしてる、と低い男の声が聞こえた。

ふたりの重い足音がとまり、

……へい、富乃屋で、おとなしくしておりやす。

と、別の男が小声で答えた。廊下に立ちどまって話しているようだ。

茂平は、耳に手を当てて頭上の声を聞き取った。

……安《やす》に言っておけ、また富乃屋を探られるようなことになったら、お仙を始末しちまえとな。けちな女から手繰られて、おれたちがお縄になったらつまらねえからな。

また、低い声が聞こえた。

……承知しやした。

それだけの言葉を交わしただけだった。

頭上で、奥の座敷の方へ歩いていくふたりの足音が聞こえた。

茂平は、ふたりは押し込み一味だと確信した。安とは、安次郎のことであろう。どうやら、お仙は富乃屋にいるらしい。ただ、茂平には、富乃屋が何を商う店で、どこにあるのかも分からなかった。

それに、廊下で話したふたりの男の名も知れなかった。客なのか、三笠屋の者かも分からない。

それから、茂平は夜が更けるまで、廊下を歩く者たちの声に聞き耳を立てていたが、その後は何の収穫もなかった。やがて夜が更け、三笠屋の客が去り、廊下を歩く足音がとだえた。

茂平は物音をたてないように板場の下へもどった。そして、板場にひとがいなくなってから床下を出た。

2

「雲井さま、入りますよ」

戸口で女の声がした。瀬川屋の娘、お菊の声である。

「かまわん。入ってくれ」

竜之介は身を起こした。

八ツ（午後二時）ごろであろうか。竜之介は居間に横になって、うたた寝をしていたのだ。昨日、麹町まで出かけ、叔父《おじ》の室山に会って遅くまで話した。それで、今日は体を休める気もあって瀬川屋の離れで過ごしていたのだ。

室山は、いまでも神道無念流の戸賀崎道場の門弟だった者たちとの親交があり、江戸の剣壇にも明るかった。

竜之介は、大川端で襲ってきた武士のことを室山に訊《き》いてみようと思ったのだ。名は分からなかったが、首を刎《はね》る特異な技を会得している遣い手なので、室山が知っているかもしれない。

室山は百五十俵高の御徒組頭《おかちくみがしら》だった。竜之介は室山と対座し、家族の様子などを話してから、

「叔父上に、奇妙な剣を遣う男のことをお訊きしたくて来ました」

と、切り出した。

「奇妙な剣とは」

室山が身を乗り出すようにして訊いた。室山は五十がらみ。首が太く、胸が厚かった。どっしりした腰をしている。いまは、稽古《けいこ》から遠ざかっているが、長い間剣術の修行で鍛えた体である。

「首を刎る剣です」

竜之介は、大川端で襲ってきた武士が遣った剣の構えと太刀捌《さば》きを話した。

「真剣勝負の剣だな。おそらく、独自に工夫したものであろう」

室山の双眸《そうぼう》がひかった。剣客らしい目である。

「叔父上は、そのような剣を遣う者をご存じありませんか」

「はて、知らぬが……」

室山はいっとき記憶をたどるように虚空に視線をとめていたが、

「その者、遣い手なのか」

と、訊いた。

「はい、それがし、あやうく後れをとるところでした」

「うむ……」

室山の顔がけわしくなった。

「牢人《ろうにん》かもしれません」

竜之介には、大川端で襲った武士が俸禄《ほうろく》を得ているとは思えなかったのだ。

「江戸の道場で修行した者ではないかもしれんな。そのような変わった剣を遣う男なら、噂になろうからな」

「いかさま」

竜之介も、あれだけの遣い手なら江戸の剣壇の噂になるはずだと思った。室山の耳に入っていないとなると、江戸の道場で修行した者ではないかもしれない。

それから、竜之介は火盗改の仕事のことなどを話した。荒船屋や伊東屋に押し入った盗賊のことも当然話題になったが、深谷の宗兵衛のことは口にしなかった。そこまで、話すことはないと思ったのである。

「また、近いうちにご挨拶《あいさつ》に上がります」

そう言い残し、竜之介が腰を上げたとき、

「竜之介」

と、室山が声をかけた。

「おまえ、首を刎る剣を遣う男と立ち合うつもりなのか」

「切っ先を合わせることがあるかもしれません」

竜之介は否定しなかった。いつか、大川端で襲ってきた武士と勝負を決するときが来るような気がしたのである。

「そやつの剣、初太刀も二の太刀も払ってくるのだな」

「はい」

初太刀は逆袈裟《けさ》に斬り上げるが、払いの剣といえなくもない。二の太刀は、横一文字に払ってくる。

「ならば、間積もりが勝負を決するかもしれんぞ」

室山がけわしい顔で言った。

「………！」

そうかもしれない、と竜之介は思った。初太刀の逆袈裟も二の太刀の横一文字に払う太刀も、飛び込んでの斬撃《ざんげき》ではない。しかも、初太刀から二の太刀への斬撃は、ほとんど踏み込まずに横に払うのだ。前後の動きは、わずかである。

……敵との間合を大きくとり、前後に動けば首を刎る太刀をかわせるかもしれぬ。

と、竜之介は思った。

「叔父上、かたじけのうございます」

そう言って、竜之介は室山にちいさく頭を下げた。

障子があいて、お菊が顔をだした。手に皿と小鉢を載せた盆を持っている。

「おっかさんに、雲井さまにとどけるように言われてきたの」

お菊は居間に入ってくると、竜之介のそばに膝《ひざ》を折った。

皿には、飴色《あめいろ》に煮付けられた鰈《かれい》が載っていた。小鉢には、酢の物が入っている。おいそが、客に出す料理をよぶんに作ってお菊に持たせたらしい。ときどき、おいそと吉造は気を利かせて料理や酒を運んでくれるのだ。

「すまんな」

鰈の煮付けから、うまそうな匂いが立ち上っていた。魚の煮付けは、竜之介の好物である。

「お酒はあるの」

お菊が訊いた。

「ある」

竜之介は立ち上がった。裏手の流し場に貧乏徳利《どくり》に入った酒があるはずだった。その酒も、おいそにとどけてもらったものである。

竜之介は貧乏徳利と湯飲みを手にしてもどると、

「お菊、どうだ、一杯やるか」

と言って、湯飲みをお菊の膝先に置いた。

「だめ、あたし、おっかさんに叱られる」

お菊が、慌てて言った。瞳《ひとみ》が揺れている。ふっくらした白い頬に朱がさし、熟れた桃のようである。

「おっかさんに叱られては、かわいそうだな」

そう言って、竜之介が貧乏徳利に手を伸ばすと、

「あたしが、ついであげる」

と、すばやく、お菊が貧乏徳利を手にした。

「お菊に酌をしてもらったら、酒もうまいだろう」

竜之介が湯飲みの酒をゆっくりとかたむけたとき、戸口に近寄る足音がした。

「だれか来たようよ」

お菊が、戸口の方を振り返った。

戸口の方で、雲井さま、と低い男の声が聞こえた。茂平の声である。

「あたし、帰る」

慌てて、お菊が腰を上げた。茂平のことは知らなかったが、竜之介の配下らしいと分かったのだろう。

3

竜之介は茂平を居間に上げると、湯飲みをひとつ持ってきて、

「まァ、一杯やってくれ」

と言って、茂平の膝先に置いた。

茂平はかしこまって座っていたが、竜之介が貧乏徳利の酒をついでやると、

「ごっそうになりやす」

と言って、顔をほころばせた。

竜之介は茂平が喉《のど》をうるおしたのを見てから、

「それで、何か知れたのか」

と、訊いた。茂平が何かつかみ、知らせに来たのだろうと思ったのだ。

「へい、お仙の居所が知れやした」

茂平は、三笠屋の床下にもぐり込み、ふたりの男の会話を聞いたことから富乃屋をつきとめたことまでを話した。

「そのふたり、何者なのだ」

竜之介が訊いた。

「あっしは、ふたりも押し込み一味とみやしたが」

茂平が、口振りからして、ひとりは頭かもしれやせん、と言い添えた。

「ふたりは、客として三笠屋に来たのか」

「そうかもしれねえ……」

茂平は語尾を濁した。はっきりしないらしい。

「うむ……」

三笠屋を見張れば、盗賊一味が姿を見せるのではあるまいか。盗賊一味は、三笠屋を密談場所に使うことがあるのかもしれない、と竜之介は思った。

ただ、姿を見せても、名も顔も分かっていない者が多いのだから、盗賊一味と看破するのはむずかしいだろう。

「ところで、富乃屋はどこにあるのだ」

竜之介が、声をあらためて訊《き》いた。

「蛤町にある小料理屋でさァ」

茂平によると、お仙は富乃屋の女将《おかみ》で、女中をひとり初老の包丁人をひとり使っているという。

「清住町のもみじ屋を出た後、三笠屋の女中もしてやしたが、いまは富乃屋に収まってるようでさァ」

「それで、安次郎はいたのか」

肝心なのは、安次郎である。

「それが、富乃屋にはいねえんでさァ」

「いないのか」

「ただ、富乃屋の旦那《だんな》が、安次郎にまちげえねえ。房五郎《ふさごろう》と名のってますがね。年は四十手前、小柄ですばしっこそうな男だそうで」

「そいつが、安次郎だな。おそらく、名を変えているのだろう」

むしろ、偽名を使っている方が自然である。

「あっしも、そうみやした」

「安次郎は、富乃屋に通っているのか」

旦那なら、店に顔を出さないことはないだろう。

「それが、あまり店にはいねえようなんで。……近所の者や店から出てきた客をつかまえて訊いたんですがね、房五郎が富乃屋にいることはすくないそうでさァ」

「他に隠れ家があるということか」

安次郎は、お仙の店にときおり通っているのだろう。安次郎にとって、妾《めかけ》のような存在なのかもしれない。

「どうしやす」

茂平が訊いた。

「知りたいのは、安次郎の行方だ。しばらく、富乃屋を張ってくれ」

安次郎が姿を見せたとき、尾行すれば、隠れ家がつきとめられるかもしれない。

「承知しやした」

「茂平、気をつけろよ。気付かれると、又吉の二の舞いだぞ」

竜之介が言った。

「へい」

茂平は頭を下げると、腰を上げた。

それから四日後の朝方、ふたたび茂平が瀬川屋の離れに姿を見せた。冴《さ》えない顔をしている。

「どうした、茂平」

竜之介が訊いた。

「それが、安次郎らしい男は姿を見せねえんでさァ」

茂平の話したところによると、この三日間、富乃屋が店をひらいてとじるまで、ときおり離れて用足しやめしを食いに行ったりしたが、ずっと見張りをつづけたそうだ。

ところが、店に出入りしたのは、客とふたりの奉公人だけだったという。

「埒《らち》が明かねえな」

安次郎は危険を察知してお仙に近付かないのかもしれない、と竜之介は思った。それに、竜之介たちには、長い間張り込んでいつ姿を見せるか分からない相手を待つような余裕はなかった。盗賊一味が、いつ三店目に押し込むか知れないのだ。

十数年前、宗兵衛一味は二年ほどの間に六軒の大店《おおだな》に押し込み、七、八千両もの大金を奪い、姿を消してしまったのだ。そのときの一味の者が、今度の事件にもくわわっているとすれば、同じようにつづけて大店に押し入り、大金を奪った上で姿を消すのではあるまいか。そう考えると、姿を見せるかどうか分からない相手を待っている余裕はなかったのだ。

「お仙を捕らえて、吐かせるか」

竜之介がつぶやくような声で言った。

「…………」

茂平は黙したままちいさくうなずいただけだった。

「だが、お仙がおれたちに捕らえられたことを知れば、安次郎は江戸から姿を消すかもしれんぞ」

安次郎だけではなかった。もし、お仙が盗賊一味のことを知っていれば、他の六人も姿を消すだろう。

「迂闊《うかつ》には仕掛けられねえな」

竜之介は虚空に視線をとめて黙考していたが、何か思いついたらしく顔を上げ、

「おこんを使おう」

と言って、茂平に身を寄せ、耳元で何やらささやいた。

「そいつはいいや」

茂平が、ニヤリと笑った。

4

「おこん、乗ってくれ」

竜之介が声をかけた。

竜之介とおこんは、瀬川屋の桟橋にいた。艫《とも》には平十が乗り、すでに棹《さお》を手にしている。これから、舟で蛤町まで行くつもりだった。

竜之介は肩口に継ぎ当てのある小袖《こそで》とよれよれの袴《はかま》姿で、菅笠《すげがさ》を手にしていた。牢人《ろうにん》に見せかけるとともに顔を隠そうと思ったのである。

「雲井さまと肩を並べて舟に乗るなんて、おつだねえ」

おこんは、茣蓙《ござ》の敷いてある船底に腰を落として微笑を浮かべた。襟元から緋色《ひいろ》の襦袢《じゅばん》と乳房の白い谷間が覗《のぞ》いている。何とも色っぽい。

「おこん、この事件《やま》の片が付いたら、大川に舟で出て一杯やるか」

「嬉《うれ》しいねえ」

おこんが目を細めた。

「雲井さま、舟を出しやすぜ」

平十が棹を使って、舟を桟橋から離した。

竜之介たちの乗る舟は、大川の川面《かわも》をすべるように下っていく。

八ッ半（午後三時）ごろだった。風のないおだやかな晴天で、大川の川面も夏の陽射しを浴びてかがやいていた。客を乗せた猪牙舟《ちょきぶね》、屋根船、荷を積んだ艀《はしけ》などがゆったりと行き交っている。

新大橋につづいて永代橋をくぐったところで、平十は水押《みお》しを左手にむけ、陸地近くに舟を寄せた。その辺りは、深川相川町《あいかわちょう》である。さらに、舟は熊井町《くまいちょう》の家並を左手に見ながら進み、大名の下屋敷の前まで来たとき、左手の掘割に水押しをむけた。

「この掘割の先が、蛤町ですぜ」

平十が、水押しの水を分ける音に負けないように声を大きくして言った。

前方に掘割にかかる八幡橋《はちまんばし》が見えてきたところで、平十は右手にあった船寄に船縁《ふなべり》を近付けた。

舟がとまると、平十が、

「下りてくだせえ」

と、竜之介とおこんに声をかけた。どうやら、蛤町に着いたらしい。

竜之介とおこんが舟から下りると、平十も舫《もや》い綱を杭《くい》にかけてから船寄に下りてきた。

「富乃屋は、こっちでさァ」

平十が先にたった。茂平から富乃屋の場所を聞いていたのだ。

竜之介は菅笠をかぶり、平十の後についた。おこんは、竜之介からさらに十間ほど離れて跟《つ》いてきた。竜之介たちは、仕掛ける前に富乃屋を見ておこうと思ったのである。

平十は掘割沿いの道を歩き、しばらく行くと、右手におれた。そこにも、掘割沿いに道がある。堀の向こう側は黒江町で、びっしりと町家がつづいていた。富ケ岡八幡宮の表通りが近いせいもあって、料理屋や料理茶屋らしい店も見えた。

平十が路傍に足をとめ、右手を指差し、

「この店でさァ」

と、後ろを振り返って言った。

富乃屋らしい。小料理屋とは思えない大きな店だった。二階もある。料理屋といってもいいような店である。

……これだけの店は、半端な金では手に入らないだろう。

と、竜之介はみた。

店先に暖簾《のれん》が出ていた。店はひらいているらしいが、静かだった。まだ、客はいないのだろう。

竜之介はきびすを返した。いまは、店を見ておくだけである。船寄にもどると、平十とおこんももどってきた。

「そろそろ、茂平が来てもいいころだがな」

竜之介たちは、この船寄で茂平と顔を合わせることになっていたのだ。

それからいっときすると、茂平が小走りにやってきた。茂平も菅笠をかぶっていた。黒の半纏《はんてん》に股引《ももひき》姿である。

「待たせやしたか」

茂平が、首をすくめながら言った。

「いや、おれたちは富乃屋を見ておくつもりで、すこし早目に来たのだ」

竜之介が言った。

「始めやすかい」

「よし」

竜之介、茂平、おこんの三人が、船寄を後にし、平十だけが舟に残った。平十は竜之介たちがもどるのを舟で待つことになっていたのだ。

竜之介たち三人は、掘割沿いの道を歩き、右手におれる角まで来て足をとめた。

「おこん、おれと茂平はここで待つ。お仙をここまで連れてきてくれ」

竜之介が言った。

「雲井さま、まかせてくださいな」

そう言い残し、おこんは下駄を鳴らして離れていった。

おこんは、富乃屋の店先まで来ると足をとめ、通りの左右に目をやってから暖簾をくぐった。

狭い土間の先に、小上がりがあった。右手に廊下があり、その先にも座敷があるらしかった。近くに人影はなかった。奥で女の声がする。だれか、いるようだ。

「どなたか、いませんか」

おこんが、奥にむかって声をかけた。

すると、小上がりの奥で足音がし、障子があいた。顔を見せたのは、婀娜《あだ》っぽい年《とし》増《ま》だった。色白で、紅を塗った唇が血をふくんだように赤い。

「お仙さんですか」

おこんが、すぐに訊《き》いた。

「そうだけど、おまえさんは」

お仙が訝《いぶか》しそうな目をおこんにむけた。

「あたしは、おあき」

おこんは、偽名を使った。

「何の用です」

お仙の声に、苛立《いらだ》ったようなひびきがくわわった。

「安次郎さんに、頼まれたんですよ」

急に、おこんが声をひそめて言った。

「あんた、安次郎さんを知ってるのかい」

「知ってるってほどじゃァないけどね。あたしね、ちかごろ三笠屋に座敷女中で勤めてるんですよ。そこで、安次郎さんに頼まれたんです」

おこんは、竜之介から聞いていた三笠屋の名を出した。

「何を頼まれたの」

「お仙さんを連れてきてって」

おこんは、お仙に身を寄せて声をひそめて言った。

「どこへ」

「この先に、船寄があるのを知ってますか」

おこんは、舟をとめてある船寄の方を指差した。

「知ってるけど……」

お仙の顔に不審そうな色が浮いた。

「そこで、安次郎さんが待ってるんです。あたし、そこまで連れてきてって頼まれたんですよ」

「安次郎さんは、舟にいるのかい」

「そう、お仙さんと行くところがあるって言ってましたよ。あたしには言わなかったけど、ふたりで楽しめるところじゃァないかしらね」

おこんが、上目遣いに見た。

「安次郎さん、どうして店に来ないのかしら……」

お仙がつぶやいた。

「あたしには分からないけど、店に入るところを見られたくないらしいよ」

「…………」

お仙がちいさくうなずいた。思い当たることがあるのだろう。

「店を出られないなら、安次郎さんにそう伝えますよ」

そう言って、おこんがきびすを返そうとすると、

「待って」

と、お仙がとめた。

お仙は、すぐ来るから、と言い残し、慌てた様子で奥へ消えたが、すぐにもどってきた。店の者に何か言ってきたらしい。

「さァ、行きましょう」

おこんは先に立ち、小走りに船寄の方へむかった。お仙は離れずに跟《つ》いてくる。

おこんとお仙が、掘割沿いの道の突き当たりを左手にまがったとき、角で待っていた竜之介と茂平が小走りに近付いてきた。そして、竜之介がお仙の脇から身を寄せ、茂平は背後にまわった。

「あ、あんたたち、だれだい！」

お仙が、声を震わせて訊いた。顔が蒼《あお》ざめ、目がつり上がっている。

「安次郎の知り合いだ」

そう言って、竜之介がお仙の右腕をつかんだ。

「な、なにをするんだい！」

お仙が足をとめ、叫び声を上げようとした。

そのとき、茂平が後ろからすばやく手ぬぐいをまわし、お仙の口に猿轡《さるぐつわ》をかませた。

お仙が足をとめてその場にへたり込みそうになると、

「足をとめるな」

竜之介がお仙の腰に手をまわし、帯をつかんで抱え上げるようにして船寄にむかった。おこんと茂平は、左手と後方に立ってお仙を隠すようにして歩いた。

5

お仙は、横田家の屋敷内にある白洲《しらす》に連れてこられた。一段高い座敷に竜之介が座し、座敷の前の土間にお仙が座らされていた。

横田の姿はなかった。通常、科人《とがにん》の吟味のおりには横田が顔を見せるが、安次郎の居所を訊き出すのが狙いなので竜之介があたったのである。

土間には筵《むしろ》が敷かれ、その上に座ったお仙は後ろ手に縛られていた。お仙は紙のように蒼ざめた顔をし、激しく身を顫《ふる》わせていた。そのお仙の両脇に、平十と重吉《じゅうきち》という男がいた。重吉は横田家に仕える仮牢《かりろう》の番人だが、吟味のおりの拷問にもくわわった。重吉は青竹を手にしている。

おこんと茂平は横田屋敷の門前までいっしょに来たが、門のなかには入らなかった。元掏摸《すり》のおこんと盗人《ぬすっと》だった茂平は、火盗改の屋敷に入りづらかったのであろう。

「お仙、面《おもて》を上げろ」

竜之介が低い声で言った。

白洲に座った竜之介は、瀬川屋の離れにいるときと顔付きが変わっていた。一見優《やさ》男《おとこ》に見える顔がひきしまり、双眸《そうぼう》が鋭いひかりを宿している。火盗改の与力らしい凄《すご》みのある顔である。

お仙は、恐る恐る顔を上げて竜之介を見ると、

「わ、わたしは、何も悪いことはしてません。か、帰してください」

と、声を震わせて言った。

「これから、それを調べるのだ。隠し立ていたさば、容赦せぬぞ」

「……………！」

「安次郎を知っているな」

竜之介が訊いた。

「い、いえ……」

お仙が首を横に振った。

「房五郎のことだ。安次郎が房五郎という名を使っていることは、先刻承知の上だ」

「…………」

お仙が、困惑したような顔をしてちいさくうなずいた。ごまかせないと思ったようだ。

「安次郎とは、どこで知り合ったのだ。もみじ屋の女将《おかみ》をしていたときか」

竜之介の声は静かだった。

お仙が驚いたような顔をし、

「そ、そうです」

と、声をつまらせて言った。竜之介がそこまで知っているとは思わなかったのだろう。

「もみじ屋から三笠屋に移ったのは、どういうわけだ」

竜之介は、すぐに安次郎の行方を訊かなかった。お仙の身辺のことをいろいろしゃべらせ、尻尾《しっぽ》をつかんでから核心にせまろうと思ったのである。

「も、もみじ屋の商いが、うまくいかなかったんです。それで、店をやめて三笠屋に勤めるようになったんです」

「三笠屋のあるじは、駒五郎だな」

「は、はい……」

「駒五郎と知り合いだったのか」

「い、いいえ、安次郎さんに連れられて飲みに行ったときに駒五郎さんと話し、店で働いてくれればありがたいと言われたのを覚えていたのです」

「安次郎と駒五郎は、親しいのか」

「ただの客のようでしたけど……。駒五郎さんが挨拶《あいさつ》に来たとき、わたしが小料理屋をやってることを話して、そんなやり取りになったんです」

お仙が、小声で言った。

「富乃屋だが、なかなかの店だ。……旦那《だんな》は安次郎だそうだが、いつごろから安次郎は富乃屋をやっていたのだ」

「くわしいことは知りませんけど、もう十二、三年になると聞いてます」

「おまえが、富乃屋の女将になる前は、だれが女将をしていたのだ」

「名は知りませんけど、安次郎さんは数年前に亡くなったと言ってました。それで、わたしにやらないか、と話があって……。三笠屋さんをやめて、富乃屋に……」

お仙は、記憶をたどるように間をおきながら話した。

「安次郎だが、富乃屋をやる前は何をしていた」

竜之介が訊いた。

「……知りません」

お仙の声が、急にちいさくなった。

「ところで、安次郎だが、ちかごろあまり富乃屋に姿を見せなかったようだな」

竜之介は訊き方を変えた。

「……い、いそがしいと言ってました」

お仙が視線を落として言った。肩先が震えている。

「何がいそがしいのだ」

しらをきっている、と竜之介はみた。

「し、知りません」

お仙が慌てて首を横に振った。

「安次郎の塒《ねぐら》はどこだ」

竜之介が、お仙を見すえて訊いた。

「……知りません」

「お仙、おまえは、ここをどこだと思っているのだ。火盗改の御頭の屋敷だぞ。おれも、八丁堀のような甘い吟味はしねえぜ」

竜之介が伝法な物言いをし、重吉に目で合図をし、

「安次郎の塒は」

と、語気鋭く訊いた。

お仙は、恐怖に顔をゆがめて首を横に振った。

すると、重吉が、

「さァ、申し上げな！」

と声を上げざま、手にした青竹でお仙の肩口をたたいた。

ビシッ、ビシッ、とつづけて肌をたたく音がひびき、その都度、お仙が身をのけ反らせて呻《うめ》き声を上げた。

いっときたたいてから、重吉が青竹を下ろすと、

「お仙、まだ話す気になれぬか」

と、竜之介が抑揚のない低い声で訊いた。お仙を見つめた目が、切っ先のようにひかっている。

お仙は、顔をゆがませて、ハア、ハアと喘《あえ》ぎ声を上げていた。丸髷《まるまげ》が乱れ、前髪が額に垂れている。唇の紅が口のまわりにひろがり、血を含んだように赤かった。妖艶《ようえん》な顔が凄愴《せいそう》さを帯びている。

「この屋敷には、いい責具《せめぐ》があるのを知っているか。御頭の横田さまが考案されたので、巷《ちまた》では横田棒と呼んでいるそうだ」

石抱きの拷問だったが、三角形の角材を並べてその上に座らせ、平石を積み上げていくのである。剛の者でも音《ね》を上げる責具である。いかに強情でも、女の身には耐えられないだろう、

「………！」

お仙が顔を上げて竜之介を見た。顔が恐怖でひき攣《つ》り、体が瘧慄《おこりぶる》いのように激しく震えだした。

「横田棒は、拷問蔵《せめぐら》にある。おまえが、どこまでしらをきっていられるか、試してみるとするか」

そう言って、竜之介が立ち上がろうとすると、

「……は、話します」

と、お仙が声を震わせて言った。

「では、あらためて訊く。安次郎の塒は」

竜之介が座りなおした。

「中島町《なかじまちょう》の借家だと、言ってました」

深川中島町は、蛤町のすぐ近くである。

「中島町のどこだ」

「どこか、知らないんです。わたし、行ったことないから……」

お仙が訴えるような口調で言った。

「うむ……」

竜之介は、お仙がごまかしているとは思わなかった。それに、中島町の借家と分かれば、何とかつきとめられるだろう。

「ところで、安次郎の仲間はだれだ」

竜之介は、盗賊の仲間とは言わなかった。お仙が、しゃべりやすいように訊いたのである。

「仲間と言われても……」

「安次郎が親しくしていた男がいるだろう。富乃屋にも顔を出したはずだがな」

竜之介の推測だったが、富乃屋が盗賊一味の密談の場所に使われていたような気がしたのである。

「政次《まさじ》という男が、安次郎さんと話していたことがありますが」

「政次か！」

竜之介は、伊東屋の清吉から、マサジという名を訊いていた。政次はまちがいなく盗賊一味のようだ。

「政次は、どんな男だ」

「船頭だと言ってました」

お仙によると、政次は中背で痩《や》せているという。無口で、お仙とはあまりしゃべらなかったそうだ。

「痩せていて、目付きの鋭い男ではないか。すこし前屈《まえかが》みで歩く癖が、あるかもしれん」

竜之介が訊くと、お仙がちいさくうなずいた。

……やはり、大川端で襲ってきた男だ。

竜之介は確信した。武士といっしょにいた町人である。政次という名のようだ。これで七人の盗賊のうち、ふたりの名が知れた。安次郎と政次である。

「政次といっしょに武士が来たことはないか。牢人《ろうにん》ふうであったかもしれん」

竜之介が訊いた。

「来たことがあります」

「胸が厚く、がっちりした体付きではなかったか」

「はい……」

お仙が小声で答えた。

「その武士の名は」

「安次郎さんは、市谷《いちたに》さまと呼んでました」

「市谷……」

竜之介には、覚えのない名だった。

いずれにしろ、盗賊一味の三人目が知れたわけだ。市谷という武士である。

それから、竜之介は市谷と政次の塒を訊いたが、お仙は知らないようだった。

「仮牢《かりろう》に入れておけ」

竜之介が重吉に命じた。今日のところは、これまでにしておこうと思ったのだ。今後の探索で、お仙に問い質《ただ》してみることが、新たに出てくるかもしれない。

6

竜之介はすぐに動いた。平十、寅六、茂平、おこんの四人に、安次郎の隠れ家と思われる中島町の借家をつきとめるよう命じた。

さらに、竜之介は風間に会い、深川を縄張りにしている地まわり、遊び人、無宿者などを当たり、市谷と政次をつきとめるよう指示した。

平十たち四人は、盗賊一味に気付かれないようそれぞれ身を変えて、中島町に潜入して聞き込んだ。

竜之介が四人に指示した三日後、茂平が安次郎の住んでいる借家をつきとめた。だが、安次郎は借家にいなかった。

「借家から、姿をくらましたか」

竜之介が残念そうな顔をすると、

「ですが、やつは塒の近くにいやすぜ」

茂平が目をひからせて言った。茂平によると、部屋には着物や帯などが残されており、借家から逃走したようにはみえないという。

「しばらく、出入りしそうなところに目を配ってくれ」

竜之介は、中島町の借家、富乃屋、三笠屋を密偵四人で交替して見張るよう指示した。安次郎がどこかにあらわれると踏んだのである。

だが、安次郎は張り込み先に姿を見せず、行方をつかむことはできなかった。

平十たちが深川へ散って安次郎の行方を追うようになってから七日後、瀬川屋の離れに平十が顔色を変えて飛び込んできた。

「どうした、平十」

竜之介が訊いた。

「や、殺《や》られやした、安次郎が」

平十が声をつまらせて言った。

「なに、安次郎が殺られたと」

「へい」

「殺ったのは、だれだ」

咄嗟《とっさ》に、竜之介は盗賊一味が安次郎を始末したのではないかと思った。

「分かりやせん」

平十が口早に話したことによると、仙台堀の先にかかる亀久橋《かめひさばし》近くの桟橋の杭《くい》に安次郎の死体がひっかかっていたという。平十は三笠屋の近くに張り込んでいたとき、通りかかったぼてふりが口にしていたのを耳にして行ってみたそうだ。桟橋に引き揚げられた死体を見ると、肩口に斬られた傷があったので、殺されたのはまちがいないという。

「まだ、死骸は桟橋にあるのか」

竜之介が訊《き》いた。刀傷があれば、手を下した者が知れるかもしれない。

「あるはずでさァ」

「舟を出してくれ」

竜之介は、舟で桟橋まで行こうと思った。亀久橋まで歩くと遠いが、大川から仙台堀に入ればすぐである。

「合点で」

平十は、すぐにきびすを返した。

竜之介たちの乗る舟は瀬川屋の桟橋を離れ、大川の川面《かわも》を下っていく。風があり、川面が波立っていた。白い波頭が無数に起こり、滔々《とうとう》とした流れが江戸湊《みなと》の彼方《かなた》までつづいている。その波頭のなかを、舟は揺れながら下っていく。

「仙台堀に入りやすぜ」

平十が水押《みお》しを左手にむけ、仙台堀にかかる上ノ橋をくぐった。

舟が仙台堀に入ると、急に揺れがすくなくなった。風はあったが、波の起伏がちいさくなり、流れもおだやかになっている。

竜之介たちの舟は、仙台堀を東にむかった。海辺橋《うみべばし》をくぐっていっときすると、前方に亀久橋が見えてきた。

「平十、舟をどこに着けるつもりだ」

竜之介が訊いた。

「死骸《おろく》の揚がった桟橋に着けられやすが」

平十が艪《ろ》を漕《こ》ぐ手をとめて言った。

「そこは、まずい。すこし手前にとめられないか」

竜之介は、桟橋に乗り付けたら人目を引くだろうと思った。盗賊一味の目が、桟橋にむけられているかもしれない。

「二町ほど歩きやすが、船寄がありやす」

「そこに着けてくれ」

「承知しやした」

数町進むと、左手にちいさな船寄があった。猪牙舟《ちょきぶね》が二艘《そう》、杭につないである。

平十は巧みに艪をあやつって、船縁《ふなべり》を船寄に付けた。竜之介は、すぐに船寄に跳び移った。

竜之介は平十が舟を杭につなぐのを待ってから、堀沿いの通りへ出て亀久橋の方へむかった。

二町ほど歩くと、亀久橋のたもと近くにある桟橋に人だかりがしているのが見えた。船頭や近くの住人たちらしい。岡っ引きらしい男も何人かいたが、八丁堀同心らしい姿はなかった。

竜之介と平十が人垣を分けるようにして前に出ようとすると、

「雲井さま」

と、人垣のなかで男の声が聞こえた。

見ると、千次が竜之介を見つめ、何か言いたそうな顔をして立っていた。

「千次、話は後だ。そこにいろ」

竜之介はそう言って、人垣の前に出た。野次馬たちのなかで、千次と話すわけにはいかなかったのである。

桟橋の先の方に、男がひとり横たわっていた。全身びしょ濡《ぬ》れである。

男の棒縞《ぼうじま》の単衣《ひとえ》がはだけ、腹や太股《ふともも》があらわになっていた。溺死《できし》ではないらしく、腹は膨れていなかった。肩口から胸にかけて刃物で斬られた傷があった。深い傷だった。魚肉のようにひらいた傷口から、截断《せつだん》された鎖骨が覗《のぞ》いている。血の色はあまりなかった。どす黒く染まった着物が目につくだけである。おそらく、堀の水で洗われたのだろう。

……袈裟《けさ》に一太刀か。

　竜之介は、下手人は武士だろうと思った。

「だれが、安次郎を殺ったんですかね」

　平十が竜之介に身を寄せて小声で訊いた。

「市谷だな」

　竜之介たちを襲った武士にまちがいない、と竜之介は思った。

「どうして、仲間を」

　平十が腑《ふ》に落ちないような顔をした。

「口封じだろう」

　盗賊一味は、お仙が竜之介たちに捕らえられたことを察知したのだろう。それで、火盗改に安次郎が捕縛される前に始末して口を封じてしまったにちがいない。

　……手が早い。

　と、竜之介は思った。

　ただ、安次郎の口を封じたことで、残る盗賊一味が江戸から逃走する気がないことも分かった。江戸から逃走するつもりなら、安次郎を始末する必要はないのである。おそらく、残る六人は、安次郎を始末すれば、しばらく火盗改の追及から逃れられるとみているのだ。

　竜之介は死骸のそばから離れた。見ていても、仕方がないのである。それに、間もなく町奉行所の同心も姿を見せるだろう。

7

人垣の後ろに出た竜之介は、

「千次、ついてこい」

と、声をかけた。歩きながら話そうと思ったのである。平十は竜之介の脇に従っている。

「へい」

千次は殊勝な顔をして跟《つ》いてきた。

竜之介は桟橋を離れ、堀沿いの通りへ出てから、

「どうして、ここへ来た」

と、訊いた。

千次は本所相生町に住んでいた。この辺りは深川東平野町《ひがしひらのちょう》で、相生町からは遠いのだ。

「長屋に来ているぼてふりに聞きやした」

歩きながら千次が話したことによると、ぼてふりから、亀久橋の近くで男が斬り殺

されていると聞き、又吉と同じ下手人の手にかかったと思い、様子を見に来たのだという。

「それで、ここに集まっている者たちに話を聞いたのか」

「へえ、殺された男の名とか、何をしていたのかとか……。兄いを殺した下手人のことが知れるかと思って」

千次が、首をすくめながら言った。

「うむ……」

まずい、と竜之介は思った。盗賊たちの目にとまれば、町方の手先と思うだろう。下手をすると、又吉の二の舞いになる。

「千次、おまえはどうしても又吉の敵《かたき》が討ちたいようだな」

竜之介が声をあらためて言った。

「このままじゃァ兄いが浮かばれませんや」

千次が、竜之介に目をむけて言った。真剣そのものである。

「ならば、おれたちの探索に手を貸せ」

千次はおとなしく長屋に引きこもっているような男ではない、と竜之介はみた。そうなら、盗賊一味の目のないところで、探らせておいた方が安全である。

「へい！」

千次が声を上げた。

「おまえは、鳶《とび》だったな」

「兄いと同じ鳶でさァ」

「いま、仕事はどこへ行っているのだ」

「緑町《みどりちょう》の油問屋の普請場でさァ」

千次によると、油問屋が土蔵を建て替えていて、親方の指図でその現場に行っているそうである。ただ、兄の又吉が殺されてから仕事は休みがちだという。

竜之介が声をあらためて言った。

「まず、仕事は休まずに行け。……おれの手先だと気付かれないことが大事なのだ」

「へえ……」

千次は戸惑うような顔をした。それでは、探索などできないと思ったのだろう。

「それでな、長屋に早く帰ったときに瀬川屋へ顔を出して、平十に何か用はないか訊くのだ。それに、平十がおまえの長屋に顔を出して、用を頼むときがあるかもしれん」

「分かりやした」

そう言ったが、千次の顔にはまだ腑に落ちないような色があった。

竜之介たちは船寄の近くまで来ていた。

「千次、あれがおれたちの乗ってきた舟だ。先に行って、舟で待っていろ」

竜之介が船寄につないである舟を指差すと、

「承知しやした」

と声を上げ、千次が走りだした。そして、石段を、ヒョイ、ヒョイと飛び下り、舟に飛び乗った。

……すばしっこいな。

竜之介は、千次の動きを見て敏捷《びんしょう》だと思った。それに、足も速いようだ。死んだ又吉に負けないかもしれない。

「身軽なやつだ」

平十も、驚いたような顔をした。

「やはり、兄弟だな。又吉によく似ている」

竜之介は、千次も手先に使えるのではないかと思った。探索にはまだ期待できないが、速い足をいかして使い走りにはもってこいだし、鳶となれば家屋敷に侵入することも巧みであろう。ただ、密偵にするには若過ぎるし、すこし軽薄な感じがしないではない。

「軽身《かるみ》の千次か」

竜之介は、身が軽いだけでは、密偵はつとまらない、と船寄につづく石段を下りながらつぶやいた。

船寄から一町ほど離れた堀際に植えられた柳の樹陰に、ふたつの人影があった。市谷と政次である。

ふたりは、安次郎の死体が揚がった桟橋からすこし離れた仕舞屋《しもたや》の陰から、竜之介たちの姿を見ていたのだ。そして、跡を尾《つ》けてここまで来たのである。

政次が竜之介の後ろ姿に目をやりながら、

「市谷の旦那《だんな》、やつら、これで深川を嗅《か》ぎまわらなくなりやすかね」

と、くぐもった声で訊《き》いた。

「いや、そうあまくはないな。火盗改のやつらは執拗《しつよう》だ」

市谷が言った。

「雲井を始末するしかねえか」

どうやら、盗賊一味は竜之介の名も嗅ぎ出したようだ。

「あやつ、腕が立つぞ。始末するのは容易ではない」

「親分に話して何か手を打ちやすか」

「どうせやるなら、おれたちの仲間ではなく、別な連中が命を狙っているように見せかけた方がいいな」

市谷が、そうすれば、火盗改の目が別の方へむく、と言い添えた。

「そいつはいいや」

政次が口元に薄笑いを浮かべて言った。

「いずれにしろ、あの男はおれが斬ることになるだろう」

市谷が竜之介の背を見つめながらつぶやいた。

竜之介たちの乗る舟は船寄を離れ、水押しを大川の方へむけて進んでいた。夏の眩《まばゆ》い陽射しのなかを、竜之介たちの舟が遠ざかっていく。

第四章　手車《てぐるま》の寅《とら》

1

寅六は、富ケ岡八幡宮の門前を歩きながら手車《てぐるま》を売り歩いていた。八ツ折編笠《あみがさ》をかぶり、手車の入った木箱を首からぶら下げている。

寅六は親に連れられた子供を目にすると、両手に手車を持ち、糸を伸び縮みさせてまわしながら、

「手車だよ。クルクルまわる手車だよ」

と声を上げ、子供のそばに近付いていく。子供相手の商売である。

だが、寅六が目をむけているのは、子供だけではなかった。遊び人や地まわりと思われる男にも目を配っていた。

「あの男に訊《き》くか」

寅六は、八幡宮の境内から出てきた地まわりふうの男を目にとめた。

男は三十がらみ、弁慶格子の単衣《ひとえ》を裾高《すそだか》に尻《しり》っ端折《ぱしょ》りし、両脛《ずね》をあらわにしていた。

眉《まゆ》が濃く、唇の分厚い悪相の主である。

「ちょいと、兄い」

寅六が声をかけた。

「な、なんでえ。手車なんぞ、用はねえぜ」

男が驚いたような顔をして言った。

「そうじゃァねえんで……。ちょいと訊きてえことがありやしてね」

寅六は、すばやく懐から巾着《きんちゃく》を取り出すと、波銭を何枚かつまみ出し、とっといてくだせえ、と言って、男の手に握らせた。

「おっ、手車売りに、銭をもらうとは思わなかったぜ」

男は銭を握ったまま、ニヤリと笑った。

「ここじゃァ、人目に付いていけねえ。歩きながら話しやしょう」

「そうだな」

ふたりは、参詣客《さんけいきゃく》や遊山客のなかを西にむかって歩いた。

八幡宮の門前からすこし離れると、人通りがまばらになった。

「それで、何が訊きてえ」

男が言った。

「あっしらのような商いをしている者には、怖《こえ》えお方がいるんでさァ」

寅六が男に身を寄せ、声をひそめて言った。

「だれが、怖えんだ」

「土地の親分さん。他にも、あっしらのような者を脅して、商売の上前をはねようってえ嫌なやつがいやしてね」

「おれのことを言ってるんじゃァあるめえな」

男が寅六を睨《にら》むように見すえて言った。

「兄いのことじゃァねえ。……この辺りには怖《こえ》え牢人《ろうにん》がいて、金を出さねえとバッサリやられると聞いたんですがね」

寅六がもっともらしい顔をして言った。

「牢人だと……」

男が訝《いぶか》しそうな顔をした。思い当たることがないのだろう。

「三日前にも、その牢人に斬られた男がいると聞いてやすぜ」

「おれは知らねえぜ」

「その死骸《おろく》が、亀久橋の近くで揚がったそうでさァ」

寅六は、殺された安次郎のことを平十から聞いていたのだ。

「ああ、そのことか。……だがよ、その男を斬った下手人は、まだ知れてねえそうだぜ」

男にも、分かったようだ。

「あっしが聞いた話じゃァ、下手人は牢人者で、名は市谷と言うらしいですぜ」

寅六が、市谷の名を出した。

「市谷なァ……」

男は首をひねっていたが、何か思いついたのか、

「そういやァ、聞いたことがあるな。市谷ってえ、腕のたつ徒牢人《いたずらろうにん》がいるって」

と言って、寅六に顔をむけた。

「聞きやしたか。さすが、兄いだ。この辺りのことは、何でも知っていなさる。それで、市谷はどこにいやす」

寅六が勢い込んで訊いた。

「どこにいるか、知らねえな」

男が素っ気なく言った。

「兄いは、どこで市谷の噂を耳にしやした」

「はっきりしねえが……。ここ、じゃァねえかな」

と言って、男は壺《つぼ》を振る真似をして見せた。賭場《とば》のことらしい。

「どこの賭場で？」

「冬木町《ふゆきちよう》だが……。おめえ、やけにしつっこいな。まさか、お上の手先じゃァねえだ

ろうな」

　男の顔に警戒するような表情が浮いた。

「兄い、あっしがお上の手先に見えやすか」

　寅六が、八ツ折編笠をあげ男の前に顔を突き出すようにして訊いた。

「見えねえ。お上とは、縁のなさそうな商いだしな」

「そうでがしょう。あっしは、その牢人と政次ってやつが、この辺りにいなけりゃァ
それでいいんでさァ」

　寅六は政次の名も出した。

「政次ってなァ、何をしてるんだい」

　歩きながら、男が訊いた。

「何をしてるか知らねえが、市谷とつるんでるようでさァ」

　寅六は、市谷と政次がつるんでいるかどうか知らなかったが、いっしょにいること
が多いとみてそう訊いたのだ。

「般若《はんにゃ》の政のことかな」

　男が、首をひねりながら言った。

「般若の政ってやつですかい、市谷とつるんでるのは」

　寅六が訊いた。

「それらしい牢人と、賭場に来たのを二度見ただけだ」

男によると、名は政次で、左の二の腕に般若の入れ墨があることから般若の政と呼ばれているとか。

「般若の政の生業《なりわい》を知ってやすかい」

「知らねえよ」

男の顔に、また不審そうな表情が浮いた。寅六の問いが、岡っ引きの聞き込みのように思えたのかもしれない。

「塒《ねぐら》は」

かまわず、寅六が訊いた。

「知らねえ」

男の語気が荒くなり、

「おれは、もう行くぜ」

と言い置き、小走りに寅六から離れていった。

寅六は足をとめた。遠ざかっていく男の背を見つめながら、

……尻尾《しっぽ》がつかめそうだぜ。

と、つぶやいた。

2

竜之介は瀬川屋の離れに姿を見せた寅六から話を聞くと、

「寅六、よくやったな」

と、言葉をかけた。政次と市谷の隠れ家がつきとめられそうだと思ったのである。

「それほどでもねえや」

寅六が照れたような顔をして言った。

「まず、冬木町の賭場だな」

「へい」

「冬木町界隈《かいわい》の遊び人をたたけば、すぐに知れるだろう」

竜之介は、寅六や茂平たちに探らせるより早いと思った。

「賭場に出入りしている男を探しやしょうか」

「いや、いい。風間にやらせよう」

竜之介には、別の思惑もあった。風間が、賭場に出入りしている男を挙げれば、盗賊一味ではなく賭場の探索と思うはずだ。政次や市谷も警戒して姿を消すようなことはないだろう。

さっそく、竜之介は動いた。寅六から話を聞いた翌日、横田家の屋敷の役所詰与力の部屋に風間を呼んで、事情を話し、

「冬木町をあたり、賭場に出入りしているような男をふたり、引っ張ってきてくれ」

と、指示した。

「承知しました」

風間はその日のうちに手先を三人、冬木町にむけた。

そして、竜之介と会った三日後に、ふたりの男を捕縛して横田屋敷に連れてきたのである。

火盗改にとって、こうした捕縛はめずらしくなかった。町方のように内偵を進め、確かな証《あかし》や証言を得てから捕縛するような堅実な方法をとらなかった。下手人と睨んだ男をとりあえず捕縛し、拷訊《ごうじん》して自白させるという荒っぽい方法をとることが多かったのである。捕らえてきたのは、与之吉《よのきち》という遊び人と八蔵《はちぞう》という冬木町界隈を縄張りにしている地まわりだった。

まず、白洲《しらす》に引き出されたのは、与之吉だった。一段高い座敷に竜之介が、脇に風間が座した。別の部屋で訊問してもよかったのだが、竜之介は仰々しくした方が口を割るだろうとみたのである。当然、横田は姿を見せなかった。

土間に敷かれた筵《むしろ》の上に座らされた与之吉の両脇に、重吉と風間の手先の利根助《とねすけ》が

立った。ふたりの手には、青竹が握られている。

与之吉は二十代半ば、青白い顔をした痩《や》せた男だった。恐怖に顔をゆがめ、体を顫《ふる》わせている。

「与之吉か」

竜之介が切り出した。与之吉の怯《おび》えた様子を見て、すぐに口を割るだろうとみた。

「へ、へい」

与之吉は、後ろ手に縛られたまま上体を折るようにして頭を下げた。

「賭場に、出入りしたそうだな」

竜之介が訊《き》いた。

「み、身に、覚えがございません」

与之吉が声を震わせて言った。

「そうか。しらをきるところをみると、賭場の常習かな。初めてなら敲《たた》きぐらいで済むが、常習となると遠島かな。……ほかに、強請《ゆすり》やたかりをしていれば、死罪ということもあるぞ」

そう言って、竜之介は与之吉を見すえながら、

「与之吉、賭場へ顔を出したのは、一度だけではないのか」

と、声を低くして訊いた。

「い、一度だけです。……つい、魔が差して」

すぐに、与之吉が認めた。

「どこの賭場だ」

すかさず、竜之介が訊いた。

「重造《じゆうぞう》親分の賭場で……」

与之吉が肩を落とし、消え入りそうな声で言った。顔の血の気が失《う》せ、体が小刻みに顫えている。

「重造の賭場はどこにある」

「稲荷《いなり》の脇にありやす」

仙台堀沿いの通りに稲荷があり、その脇の板塀をめぐらせた仕舞屋《しもたや》が重造の賭場だという。

「その賭場に政次という男が、出入りしているな」

竜之介が知りたいのは、政次と市谷の居所である。

「政次ですかい」

与之吉は小首をひねった。

「般若の政といえば、分かるだろう」

「へい……」

与之吉がちいさくうなずいた。思い出したらしい。

「政次は、賭場《とば》によく来るのか」

「あっしは、一度見かけただけでさァ。賭《か》けっぷりがいいんで、脇にいた男にそいつの名を訊くと、般若の政と教えてくれたんで」

与之吉によると、政次は一度に二両、三両分の駒を張ったという。

「政次の塒を知っているか」

竜之介が声をあらためて訊いた。

「し、知りやせん」

与之吉は、慌てて首を横に振った。

「塒は知らなくとも、住んでる町ぐらい知っているだろう」

「……賭場を出るとき、帰《けえ》りに入船町《いりふねちょう》で一杯やっていくかと口にしてましたんで、塒はそっちの方かもしれやせん」

与之吉が小声で言った。自信がないようである。

「市谷という牢人《ろうにん》のことは？……政次といっしょに賭場に来たはずだ」

竜之介は矛先を市谷に変えた。

「政次といっしょにいた牢人は見かけやしたが、名は聞いてねえんで」

「その牢人が市谷だな。……ところで、市谷のことで何か知らぬか」

竜之介が訊いた。

「政次と同じように大金を賭けてやしたが……。一刻《いっとき》（二時間）ほどで盆から離れ、ひとりで振るまい酒を飲んでいやした」

市谷は賭場の隅の柱に寄りかかって、酒を飲みながら賭場に目をやっていたという。

「埘は？」

「知りやせん」

与之吉は、はっきりと答えた。

それから、竜之介は念のために政次と市谷の他の仲間のことも訊いてみたが、与之吉は知らないらしく首を横に振るばかりだった。

与之吉につづいて、八蔵が白洲に引き出された。八蔵は与之吉とちがって強情だった。賭場に出入りしたことも認めなかった。

やむなく竜之介は、重吉と利根助に青竹で打つことを命じたが、それでも八蔵は口をひらかなかった。

「博奕《ばくち》ぐらいで、使いたくないが、石を抱かせるか」

竜之介がそう言うと、八蔵の顔色が変わった。この屋敷の拷問蔵に、横田棒と呼ばれる恐ろしい石抱きの拷問具があることを知っているのだ。

「拷問蔵《せめぐら》で訊く」

竜之介が、立たせろ、と重吉と利根助に声をかけると、

「は、話しやす」

と、八蔵が声を震わせて言った。

「初めからそうすれば、竹でたたいたりすることもなかったのだ」

竜之介はあらためて座り直した。

その後、八蔵は包み隠さず話したが、たいしたことは知らなかった。分かったことは、政次と市谷は重造の賭場に三度来たらしいことと、市谷の名が市谷泉十郎《せんじゅうろう》であることだけだった。八蔵も、政次と市谷のやり取りを耳にし、政次が、泉十郎の旦那《だんな》、と口にしたのを覚えていたのだという。

竜之介は八蔵と与之吉を仮牢に入れた後、

「入船町の飲み屋からたどるのも、やっかいだな」

と、風間に声をかけた。

「雲井さま、重造の賭場を張りましょうか」

風間が言った。政次と市谷が、賭場に姿をあらわすのではないかというのだ。

「その方が早いかもしれんな。……平十を使ってくれ。平十は、政次と市谷を見ているから、すぐに分かるはずだ」

「承知しました」

風間が目をひからせて言った。

3

竜之介と風間は、神田川沿いの通りを湯島の方へむかって歩いていた。横田屋敷を出た後、平十の舟で柳橋までもどり、瀬川屋ですこし早い夕餉《ゆうげ》をとった後、それぞれの屋敷のある御徒町へむかったのである。

平十は和泉橋近くの桟橋まで舟で送ると言ったが、竜之介はことわった。夕餉の前にすこし飲んだこともあり、神田川の川風にあたりがてら風間とふたりで話しながら歩こうと思ったのである。

ふたりは、浅草橋のたもとを過ぎ、平右衛門町《へいえもんちょう》へ来ていた。暮れ六ツ（午後六時）の鐘がなって間もなくだった。神田川沿いの道には、ぽつぽつと人影があった。居残りで仕事をしたらしい職人ふうの男、帰りに一杯ひっかけたらしい船頭、夜鷹《よたか》そば屋などが、通り過ぎていく。

「盗賊は、あと六人ですか」

歩きながら、風間が言った。押し込み一味は七人だったが、安次郎が死んだので残りは六人である。

「そうだが、分かっているのは市谷と政次だけだ」

あとの四人は、まったく知れなかった。

「ふたりのうちどちらかを捕らえて吐かせれば、残る四人も知れると思いますが」

「ただ、うまくやらないと逃げられるぞ」

仲間が捕らえられたと知れば、残る一味は江戸から姿を消すだろう。そのためにも、盗賊の捕縛ではなく、賭場の手入れとして市谷か政次を捕らえたかった。

竜之介がそのことを言うと、

「賭場をひらいているときに踏み込んで大勢捕らえ、いっしょに政次なり市谷を捕らえれば、一味の者も姿を消すようなことはないでしょう」

と、風間が言った。

「そうだな」

ふたりは、そんなやり取りをしながら歩いた。

前方に神田川にかかる新シ橋が見えてきた。西の空の残照のなかに、橋梁《きょうりょう》が黒く浮かび上がっている。

川沿いの通りに面した表店《おもてだな》は店仕舞いし、大戸をしめていた。人影もまばらになり、通りはひっそりとしていた。神田川の流れの音だけが、足元から絶え間なく聞こえてくる。そのとき、風間が前方を指差しながら、

「橋のたもとに、だれかいますよ」

と、低い声で言った。

見ると、川岸沿いに植えられた柳の樹陰にふたつの人影があった。

「武士のようだな」

はっきり見えなかったが、袴《はかま》姿で刀を差していることが分かった。

「だれか、待っているのでしょうか」

歩きながら、風間が言った。

「辻《つじ》斬りや追剝《おいは》ぎには、見えんな」

竜之介は足をとめなかった。何者か知れなかったが、相手はふたりである。いざとなれば、火盗改であることを名乗ってもいい。

ふたりは新シ橋のたもとに近付いた。樹陰の人影は、しだいにはっきりしてきた。

「雲井さま、頭巾《ずきん》をかぶってますよ」

風間の顔がけわしくなった。

「うむ……」

どうやら、人を待っているのではなさそうだ。竜之介たちを襲うつもりではあるまいか。竜之介の胸に盗賊一味のことがよぎったが、一味の武士は市谷だけである。樹陰の武士はふたりだった。

竜之介と風間は、そのまま歩いた。

「雲井さま、店の軒下にも」

風間がうわずった声で言った。

通りに面した表店の軒下に、ふたりいた。やはり、武士である。ひとりは着流し、もうひとりは袴姿だった。ふたりとも頭巾をかぶり、腰に刀を帯びている。

「待ち伏せか！」

竜之介は、すばやく四人の姿に目をやった。いずれも牢人《ろうにん》らしかった。袴もよれよれで、身辺に荒んだ雰囲気がただよっている。

……市谷はいない。

四人のなかに、市谷らしい男の姿はなかった。盗賊一味ではないようだ。盗賊一味が、竜之介たちを狙うとすれば、当然市谷もくわわっているはずである。

柳の樹陰から、ふたりの男が通りに出てきた。すると、軒下のふたりも通りに出て、竜之介たちの背後にまわり込んできた。

「風間、川岸を背にするぞ」

言いざま、竜之介は左手の岸際へ走った。背後から攻撃されるのを防ごうと思ったのである。風間もすぐに走り、川岸を背にして立った。

四人の男はばらばらと駆け寄ってきて、竜之介と風間を取り囲むように立った。竜之介の左手にひとり、風間の右手にひとりまわり込んできた。

四人の男は、いずれも頭巾で顔を隠していた。血走った目で、竜之介たちを見すえている。四人の身辺には、獲物を狙う狼のような雰囲気がただよっていた。

「うぬら、何者だ」

竜之介が誰何《すいか》した。

「問答無用！」

竜之介の正面に立った大柄な男が、低い胴間声で言った。

「われらが火盗改の者と知っての上か」

竜之介が訊《き》いた。

一瞬、竜之介にむけられていた大柄な男の目が戸惑うように揺れたが、

「うぬらを斬る！」

と叫びざま、刀を抜いた。

すると、他の三人も次々に抜刀した。

「やるしかないようだな」

竜之介も抜いた。

右手にいた風間は、竜之介からすこし間をとってから刀を抜いた。ふたりが存分に刀をふるえるように間をとったのである。

……長引くと不利だ。

と、竜之介はみてとった。

風間も竜之介ほどではなかったが、剣の遣い手だった。徒牢人を相手にして後れをとるようなことはないだろうが、相手はふたりだった。脇からの斬撃《ざんげき》は脅威である。竜之介は早くふたりを始末し、風間に助太刀したかったのだ。

4

「いくぞ！」

竜之介は、刀身を寝せた低い八相にとった。雲竜の構えである。

対する大柄な武士は、青眼である。なかなかの構えだった。腰が据わり、切っ先が竜之介の喉元《のどもと》にむけられている。ただ、わずかに切っ先が揺れていた。力みで肩に力が入っているのだ。

左手にいる男は、中背だった。八相に構えたが、腰が高かった。構えに隙がある。遣い手ではないようだ。それに、間合が遠く、四間ほどもあった。すぐに、斬り込めない間合である。

……まず、正面の男か。

竜之介は、対峙《たいじ》した大柄な男を斬ってから左手の男にむかえばよいと踏んだ。つつッ、と竜之介が、足裏を擦るように間合をつめ始めた。対峙した男は、威圧を感じたらしく、わずかに後じさった。

だが、大柄な男は足をとめると、突如、

イヤアッ！

と、獣の咆哮《ほうこう》のようなけたたましい気合を発した。威嚇である。気合で相手を竦《すく》ませ、寄り身をとめるとともに己の闘気を鼓舞しようとしたのだ。

竜之介は動じなかった。構えがすこしも乱れず、腰が据わっている。淡い暮色のなかに竜之介の刀身が青白くひかり、すべるように大柄な男に迫っていく。

一足一刀の間境を越えるや否や、竜之介の全身に斬撃の気がはしった。

タアッ！

鋭い気合とともに、竜之介の体が躍動し、閃光《せんこう》がはしった。

低い八相から袈裟《けさ》へ。

迅《はや》い！　稲妻のような斬撃である。

オオッ！　と気合を発し、大柄な武士が刀身を振り上げて、竜之介の斬撃を受けようとした。

だが、間にあわなかった。竜之介の切っ先が大柄な男の肩口へ入り、男の刀身は空を切った。

ザクリ、と大柄な男の着物の肩口が裂けた。あらわになった肌に赤い線がはしり、次の瞬間、血が迸《ほとばし》り出た。

男は絶叫を上げてのけ反り、血を撒《ま》きながら後じさった。

竜之介は、大柄な男にかまわず左手に反転した。

中背の男が、八相から斬り込もうとしていたのだ。男の目がつり上がり、八相に構えた刀身が激しく揺れていた。恐怖で、我を失っている。

イヤアッ！

裂帛《れっぱく》の気合とともに竜之介が、袈裟に斬り込んだ。一瞬の太刀捌《さば》きである。

咄嗟《とっさ》に、中背の男も斬り込んだ。袈裟へ、捨て身の斬撃だった。

袈裟と袈裟。

甲高い金属音がひびき、青火が散って、ふたりの刀身がはじきあった。中背の武士が、竜之介の斬撃を受けたのだ。

次の瞬間、中背の武士が後ろによろめいた。竜之介の強い斬撃を無理な姿勢で受けて、腰がくだけたのである。

すかさず竜之介が踏み込み、二の太刀をふるった。袈裟から袈裟へ。雲竜の剣の神速な連続技だった。

男は刀をとり落とし、絶叫を上げてよろめいた。男の肩口から血が噴いている。竜之介の斬撃が、男の鎖骨まで截断《せつだん》するほど深く入ったのだ。

竜之介は風間に目を転じた。

風間は長身の男と相対していた。すでに、一合したとみえ、風間の袖《そで》が裂け、二の腕に血の色があった。相手の斬撃をあびたらしい。

一方、長身の男も、着物の肩口が裂けて血に染まっていた。風間の一撃で斬られたようだ。右手にいるずんぐりした体軀《たいく》の男は、青眼に構えていた。摺《す》り足で、風間との間合をつめてくる。

「風間!」

竜之介が風間のそばに走った。

すると、風間と相対していた長身の武士が、慌てて後じさり、

「引け!」

と、叫んだ。

長身の男はさらに後じさって反転すると、新シ橋の方へ駆けだした。右手にいた男も風間から間をとり、長身の男を追うように逃げだした。

竜之介と風間はふたりの跡を追わず、竜之介に刀をむけていた大柄の男と中背の男

に目をやった。

大柄な男は手で肩口を押さえ、逃げる仲間ふたりの跡を追ってよろめきながら逃げていく。

もうひとり、竜之介の斬撃を受けた中背の男は、川岸の叢《くさむら》のなかにへたり込んで低い呻《うめ》き声を上げていた。

竜之介と風間は、中背の男のそばに走り寄った。

竜之介は、男を一目見て、

……助からぬ！

と、思った。男の顔は土気色をし、苦しげな息を吐いていた。肩口から胸にかけて着物が蘇芳色《すおういろ》に染まっている。

「おぬしの名は」

竜之介が誰何したが、男は返事しなかった。かすかに、顔をゆがめただけである。

「おれたちを狙ったのは、どういうわけだ」

竜之介が訊いた。

「……か、金だ」

男が喘《あえ》ぎながら、ひとり、五両もらった、と口にした。

「その金を、だれにもらったのだ」

金で、竜之介たちの殺しを依頼されたようだ。

「…………」

男は何か言いかけたが、喉から喘鳴《ぜんめい》が洩《も》れただけだった。

ふいに、男は、顎《あご》を突き上げるようにして体を硬直させ、ゴホッと音をさせて血を吐いた。次の瞬間、男の首ががっくりと前に落ちた。

男は動かなかった。息もとまっている。うなだれた男の口から、真っ赤な血が筋を引いて流れ落ちている。

「死んだ……」

竜之介がつぶやいた。

「四人に金を出して、この者たちに殺しを依頼した者がいるのでしょうか」

風間が言った。

「そのようだ。おれたちを、恨んでいる者は多いからな」

竜之介の脳裏に盗賊一味のことがよぎったが、何とも言えなかった。火盗改に憎しみをいだいている者は多いし、盗賊一味なら市谷がくわわってもいいはずなのである。

竜之介は懐から懐紙を出して刀身を拭《ふ》いてから納刀した。そして、風間とふたりで、絶命した男を樹陰に引き摺り込んでから歩きだした。通りの邪魔になると思ったのである。辺りは、夕闇につつまれていた。竜之介と風間の姿が、闇のなかに遠ざかっていく。

そのふたりの姿を見送っている者たちがいた。半町ほど離れた土手際の樹陰に、三人の男が立っていた。市谷、政次、それに、暗闇《くらやみ》の峰造《みねぞう》と呼ばれる男だった。峰造も、盗賊一味のひとりである。

「それにしても、だらしのねえやつらだ」

政次が吐き捨てるように言った。

「四人がかりでも、無理だとはみていたがな」

市谷の口元に薄笑いが浮いていた。どうやら、四人の牢人《ろうにん》に金を渡して竜之介たちを襲わせたのは、市谷たちらしい。

「暗闇のとっつァん、優男《やさおとこ》の方が雲井だよ」

政次が、峰造に顔をむけて言った。

「いい腕してるじゃァねえか」

峰造が、しゃがれ声で言った。初老である。小柄で、丸顔。肌が浅黒く、皺《しわ》の多い顔をしていた。

「うかうかしてると、おれたちの首が落とされるぞ」

市谷が言った。

「なに、どんなに腕が立っても、そばに近付けなけりゃァ何の心配もねえ。それに、お頭の話だと、あと二軒押し込んだら高飛びするつもりのようだぜ」

と、峰造。

「二軒か。……たんまり金を持って、箱根に湯治にでも行くかい」

政次が薄笑いを浮かべて言った。

「高飛びは、雲井の首を落としてからだな」

市谷が、夕闇のなかに薄れていく竜之介の背を睨《にら》むように見すえて言った。

5

「く、雲井さま！　雲井さま」

離れの戸口で、平十の声が聞こえた。慌てているようだ。何かあったのかもしれない。竜之介は居間で横になっていたが、すぐに身を起こし、部屋の隅に立て掛けてあった刀を手にした。

戸口に出ると、平十が顔を紅潮させて荒い息を吐いていた。

「どうした」

竜之介が訊《き》いた。

「と、賭場《とば》に、政次が姿を見せやした」

「やっと、あらわれたか」

思わず、竜之介の声が大きくなった。

風間の手下と平十が、気付かれないように行商人やぼてふりなどに身を変えて、重造の賭場を見張るようになってから半月近くも経っていた。この間、政次も市谷も用心したのか、賭場に姿を見せなかったのだ。

「それで、政次だけか」

「へい、政次ひとりで」

「政次は、辛抱できなくなったのだな」

おそらく、政次は博奕《ばくち》好きなのだろう。用心して、しばらく賭場から遠ざかっていたが、辛抱できなくなったにちがいない。

「それで、いま、賭場は？」

竜之介が訊いた。

「ふたり、張り込んでいやす」

平十によると、風間の手先が三人いて、うちふたりは賭場の近くで見張りをつづけ、ひとりが御頭の横田の屋敷にいる風間の許へ知らせに走ったという。

「よし、おれたちもくりだそう」

すでに、横田には話してあり、手筈《てはず》はととのえてあった。賭場の手入れという名目で、横田以下、召捕・廻り方の与力五騎、同心五人、与力と同心の手先や横田家に仕える小者、中間などを捕方《とりかた》として、冬木町の賭場へむかうことになっていた。竜之介と風間も、そのなかのひとりである。

「雲井さま、舟を出しやすぜ」

平十が昂《たかぶ》った声で言った。

捕方の多くは、横田家の屋敷のある西本願寺の裏手の掘割から、舟で冬木町にむかう手筈になっていた。

竜之介も、平十の舟で行くつもりだった。

「まだ、早《はえ》えよ」

賭場に踏み込むのは、暗くなってからである。それに、横田以下が屋敷を出るのも陽が沈んでからであろう。

陽は西の空に沈みかけていたが、まだ暮れ六ッ（午後六時）前である。舟で行くなら、もうすこし間を置いてでいい。

「平十、腹ごしらえをしていくか」

「へい」

竜之介は平十を連れて瀬川屋へ行った。

女将《おかみ》のおいそに頼み、茶漬けを作ってもらい、平十とふたりで腹ごしらえをしてから、桟橋につないであった舟に乗り込んだ。

竜之介たちの乗る舟が、両国橋をくぐったとき、暮れ六ツの鐘が鳴った。まだ、頭上の空は青さが残っていたが、西の空は残照に染まっていた。

大川の川面《かわも》は残照を染めて淡い赤みを帯び、無数の起伏を刻みながら永代橋の彼方《かなた》までつづいている。日中は多くの船が行き来しているが、いまは数艘《そう》の猪牙舟《ちょきぶね》の船影が見えるだけである。

竜之介たちの乗る舟は、大川の川面をすべるように下っていく。

「仙台堀に入れやすぜ」

艫《とも》に立っている平十が、声を上げた。

新大橋を過ぎたところで、舟は水押《みお》しを左手にむけ、上ノ橋をくぐって仙台堀に入った。しばらく仙台堀を東に向かえば、冬木町に出られる。

平十は賭場から数町離れた桟橋に舟を着けた。近くの料理屋が、送迎用の舟をとめておく桟橋らしく、二艘の舟が舫《もや》ってあるだけだった。まだ、横田や風間たちの舟は着いていないようだ。

竜之介は桟橋に飛び下り、平十が舟を杭《くい》につなぐのを待ってから堀沿いの通りへ出た。

「こっちでさァ」

平十が先にたった。

三町ほど歩くと、町家の間に笹藪《ささやぶ》や雑草でおおわれた空き地があった。まだ、そこに捕方の姿はなかった。竜之介と風間とで話し、稲荷《いなり》まで行くと賭場の者に気付かれる恐れがあるので、その空き地に集まることにしてあったのだ。

「見張りは」

竜之介が訊いた。

「稲荷にいやす」

平十によると、竜之介に知らせに来るまで、稲荷の境内に身を隠して賭場に出入りする者を見張っていたという。

「行ってみよう」

竜之介も、自分の目で賭場の様子を見ておきたかったのだ。

すこし歩くと、すぐに稲荷が見えてきた。通り沿いに赤い鳥居があり、欅《けやき》や樫《かし》などの杜《もり》が境内をかこっていた。その稲荷の先に、板塀でかこわれた仕舞屋《しもたや》がある。重造の賭場である。

竜之介と平十は、鳥居をくぐった。樹木でかこまれた境内は夕闇が濃く、静寂につつまれていた。祠《ほこら》の脇に、男がふたりいた。風間の手先である。樫の葉叢《はむら》の間から、隣の仕舞屋を見張っていたらしい。

「長助《ちょうすけ》と磯吉《いそきち》でさァ」

平十が言った。

ふたりは竜之介の姿を目にすると、すぐに立ち上がり、小走りに近付いてきた。

「どうだ、政次はいるか」

竜之介が訊いた。そのことが気掛かりだった。賭場を襲撃しても肝心の政次がいなければ、どうにもならないのだ。

「いやす。政次は、賭場に入《へえ》ったまま出てきやせん」

三十がらみと思われる長助が、目をひからせて言った。

「貸元は」

「重造も、四人の子分を連れて入りやした」

まだ、賭場から出ていない、と長助が言い添えた。

「それで、賭場の客はどれほどか分かるか」

竜之介は、客の人数もつかんでおきたかった。襲撃の目的は政次の捕縛だったので、客は逃げられてもいいが、手入れらしく見せるために何人かは捕らえねばならない。

「十四、五人、入りやした」

小柄な磯吉が言った。磯吉は若かった。まだ、二十歳《はたち》前かもしれない。

「このまま、ふたりは見張りをつづけてくれ。御頭たちが着いたら、すぐに賭場に踏み込む」

　そう言い置いて、竜之介は境内を出た。

6

　夕闇につつまれた空き地に、御頭の横田以下大勢の捕方が集まっていた。総勢、五十人ほどいるだろうか。そのなかに、風間をはじめ与力と同心の姿もあった。

　御頭の横田は、捕物のおりにかぶる金紋付きの黒漆塗りの陣笠《じんがさ》に、ぶっさき羽織で、草鞋《わらじ》掛けである。脇に、頭付同心ふたりがしたがっている。

　また、与力と同心も捕物出役《でやく》装束に身をかためていた。捕方たちは、着物の裾《すそ》を尻《しり》っ端折《ぱしょ》りし、股引《ももひき》姿で草鞋を履いている。鉢巻きに襷《たすき》掛け、手に手に六尺棒や提灯《ちょうちん》を持っていた。提灯には火盗の文字が記されている。

　長柄の袖搦《そでがらみ》、突棒《つくぼう》、それに龕灯《がんどう》を手にしている者もいた。龕灯はブリキなどで釣鐘形の外枠を作り、なかに蠟燭《ろうそく》を立てる照明具で、一方だけを照らすことができる。

「雲井、賭場の様子はどうだ」

　横田がけわしい顔で訊いた。

「ひらいております。貸元以下数人の子分がいるとみております。客は十数人、それに政次もおります」

「よし、手筈どおりだ」

横田はまわりに控えている与力と同心に、

「行け！」

と、声をかけた。

まず、与力ふたりと同心ふたりが、二十人ほどの捕方を引き連れて、空き地を出た。仕舞屋をかこった板塀の脇を通って裏手にまわり、裏口をかためるのである。

「火を入れろ！」

田島《たじま》という年配の与力が命じた。

すぐに、用意した種火で提灯や龕灯に火が入った。辺りが、提灯や龕灯で照らされ、夕闇のなかに集まった男たちの姿を浮かび上がらせた。

「行くぞ！」

横田が空き地から通りへ出た。

横田の脇を、竜之介、風間、さらに与力の北沢新三郎と田島および同心ふたりがかため、それに二十人余の捕方たちが従った。

仙台堀沿いの通りに大勢の足音がひびき、捕方たちの黒い人影と提灯や龕灯の明かりが、揺れながら仕舞屋に近付いていく。

堀沿いの道は濃い夕闇につつまれ、表店《おもてだな》は大戸をしめてひっそりと静まっている。

通りに人影はなく、火盗改の一行を見て騒ぎ立てる者はいなかった。

すぐに、竜之介たちは仕舞屋の前についた。引き戸のついた木戸があった。半分ひらいている。

竜之介が引き戸をあけると、

「踏み込め！」

と、横田が声を上げた。

そのとき、仕舞屋の戸口にいた下足番らしい若い衆《し》が、手入れだ！　と叫び、家のなかへ駆け込んだ。

竜之介をはじめ、風間、北沢、田島、さらに捕方《とりかた》たちがなだれ込むように仕舞屋の戸口に走った。

戸口の土間に入ると、狭い板敷きの間があり、その先の障子がしめてあった。障子の向こうで、男たちの怒号、喚《わめ》き声、床を踏む音などがやかましく聞こえた。そこが、賭場らしい。

「捕らえろ！　ひとりも逃すな」

戸口で、横田が叫んだ。

竜之介は抜刀し、刀身を峰に返した。竜之介の狙いは、政次である。すでに、大川端でその姿を見ていたので、分かるはずだ。

竜之介は捕方の先頭に立って板敷きの間に踏み込み、正面の障子をあけはなった。

ひろい座敷だった。部屋の四隅に立てられた百目蠟燭が、白い布を敷かれた盆茣蓙《ぼんござ》のまわりで逃げ惑っている男たちの姿を照らし出していた。

「火盗改だ！　縛《ばく》につけい！」

横田が十手をむけて叫んだ。

御用！

御用！

捕方たちが座敷にむかって声を上げ、六尺棒や十手などを突き出した。

座敷のなかでは、壺《つぼ》振り、中盆、若い衆、諸肌脱ぎの男、背に入れ墨のある男、小店の旦那《だんな》らしい男などが入り乱れ、怒号や悲鳴が飛び交っていた。だれか莨《たばこ》盆を蹴飛《けと》ばしたらしく、灰が立ち上っている。賭場は蜂の巣をつついたような騒ぎになっていた。

竜之介は、逃げ惑っている客の男たちに視線をまわした。

……やつだ！

座敷の隅にいる中背で痩身《そうしん》の男を目にとめた。政次である。

政次はすこし前屈《まえかが》みの恰好で、逃げ道を探していたが、ふいに反転して向こう側の障子をあけた。俊敏な動きである。

そこは、廊下になっていた。政次は廊下から外へ逃げ出すつもりなのだ。

「どけ！」

竜之介は、盆莫蓙の前にへたり込んでいた商家の旦那ふうの男を突き飛ばし、盆莫蓙を踏み越えて、廊下へ飛び出した。

政次が、廊下を裏手へむかって逃げていく。

「逃さぬ！」

竜之介は跡を追って廊下を走った。

裏手の台所へ出る手前で、ふいに政次の足がとまった。裏口をかためていた捕方たちの姿を目にしたらしい。

政次は反転して走りだそうとしたが、足はとまったままだった。廊下に立ちふさがっている竜之介に気付いたのである。

「ちくしょう！」

政次が両袖をたくし上げ、懐から匕首《あいくち》を取り出した。左の二の腕から般若《はんにゃ》の入れ墨が覗いている。

怒りに顔をゆがめ、目をつり上げ、歯を剝《む》き出した。薄闇のなかで、身構えた匕首が、野獣の牙《きば》のようににぶくひかっている。

政次は身を低くし、足裏で廊下を擦りながら間合をつめてきた。追いつめられた手負いの獣のような凄《すご》みがある。

竜之介は低い八相に構えて腰を沈めた。刀身をやや立てていた。刀をふるったときに、障子と反対側の板戸に斬り付けないようにするためである。

政次は三間ほどに間がつまると、

「やろう！」

と叫びざま、つっ込んできた。捨て身の攻撃だった。匕首を前に突き出し、体当りするような勢いである。

咄嗟《とっさ》に、竜之介は右手に跳んで刀身を横に払った。

ドスッ、という皮肉を打つにぶい音がし、竜之介の刀身が政次の腹に食い込んだ。

峰打ちが腹をとらえたのだ。

政次は喉《のど》のつまったような呻《うめ》き声を上げ、上体を前にかしげてよろめいたが、すぐに足がとまり、膝《ひざ》を折って廊下にうずくまった。

両手で腹を押さえて、苦しげな呻き声を洩《も》らしている。

竜之介は、廊下に出てきたふたりの捕方に、

「こいつに、縄をかけろ」

と、命じた。

ふたりの捕方は、手早く政次の両腕を後ろに取って早縄をかけた。

捕物は終わった。捕らえたのは、政次の他に貸元の重造、中盆、壺振り、それに手下が五人。客は六人だった。賭場から逃げた客は、あえて追わなかった。客たちにまぎれて逃げた重造の手下もいただろうが、やむをえない。狙いは政次だったし、客たちのすべてを捕縛するには、捕方の手が足りなかったのである。

「雲井、うまくいったな」

横田は満足そうだった。当初の狙いどおり、政次と貸元の重造以下主だった者たちを捕らえたのである。

「政次をたたけば、盗賊たちの居所も知れるはずです」

竜之介が小声で言った。

「よし、ひったてろ!」

横田が捕方たちにむかって声を上げた。

7

政次は拷問蔵の土間に座らされた。凄絶《せいぜつ》な姿だった。顔は蒼《あお》ざめ、体が小刻みに顫《ふる》えている。顔には幾筋かの青痣《あおあざ》があり、瞼《まぶた》の上が腫《は》れていた。髷《まげ》の元結《もとゆい》が切れ、ざんばら髪である。

すでに、政次は白洲《しらす》で、御頭である横田の拷訊《ごうじん》を受けていた。横田の吟味は竜之介以上に過酷だった。政次が口をとじると、責役《せめやく》の者に命じて青竹や棒で頭でも顔でもたたかせたのだ。

それでも、政次は吐かなかった。口をひき結んだまま、拷問に耐えたのである。

「強情な男だ。ならば、この男に地獄を見せてやるか」

そう言うと、横田は政次を拷問蔵に連れていくよう命じた。

拷問蔵は薄暗かった。明かりの入る場所は、出入り口のほかに鉄格子を嵌《は》めた窓があるだけである。

ただ、一段高い座敷の両隅に百目蠟燭《ろうそく》が置かれ、蔵内を照らしていた。この蠟燭も、責具に使われることがあるのだ。

元は横田家の土蔵だったが、横田は火盗改を命じられると、すぐに拷問蔵に改造した。土蔵の正面に吟味役の者が座る一段高い座敷を造り、土間に小砂利を敷いて下手人を座らせる場とした。特別な白洲である。

土蔵の脇には、拷問具が置かれていた。割竹や六尺棒はむろんのこと釣責《つりぜめ》用の吊《つ》り縄、海老責《えびぜめ》用の縄、横田が考案した石抱き用の角材や平石などが並んでいる。

これまで拷問を受けた者が流した血のせいか、澱《よど》んだような空気のなかに血なまぐさい臭いがただよっていた。

「そこに、座れ」

一段高い座敷に座した横田が、低い声で命じた。

横田の脇には、竜之介と風間が座った。小砂利の上に座らされた政次の両脇と後ろに三人の責役の者たちが立った。

政次の顔は紙のように蒼ざめ、体を激しく顫わせていた。政次も、横田棒の恐ろしさは耳にしているにちがいない。

「政次、ここは地獄だぞ。いわば、わしは閻魔《えんま》だ。さしずめこのなかにいる者たちは、鬼ということになるな」

横田がいかめしい顔で言った。

横田は剛勇な男だった。眉《まゆ》が濃く、ギョロリとした大きな目をし、頤《おとがい》が張っていた。武辺者らしい面構《つらがま》えである。

その顔が百目蠟燭の明かりを受けて、薄闇のなかに赭黒《あかぐろ》く浮き上がったように見えていた。まさに、閻魔の顔である。

「政次、あらためて訊《き》くぞ。まず、頭目の名だ」

横田の脇に座した竜之介が、低い声で訊いた。

実際に訊問するのは竜之介だった。これまで探索したことは一通り横田に話してあったが、こまかいことは竜之介しか知らなかったからである。

「し、知りやせん。あっしは、押し込みじゃァねえ……」

政次が声を震わせて言った。

「おまえが押し込みであることは分かっている。それにな、市谷とふたりでおれを襲っただけでも、死罪にあたいするぞ」

「…………」

政次は肩を落として、俯《うつむ》いてしまった。頬が粟《あわ》だち、白く乾いた唇がワナワナと震えている。

「頭目の名は？」

竜之介が語気を強めた。

「……し、知らねえ」

政次が蚊の鳴くような声で言った。

すると、横田が、

「雲井、石を抱かせてやれ」

と、低いくぐもった声で言った。大きな目が蠟燭の炎を映じて、熾火《おきび》のようにひかっている。

「ハッ」

竜之介は、三人の責役に目配せした。

すぐに三人の責役が、政次の前に四寸ほどの三角形の角材を運んできた。長さは一尺余である。それを、角《かど》を上にして何本も並べた。角材はどす黒く染まっていた。これまで、石抱きの拷問を受けた者の出血で染まったものであろう。

政次は血に染まった角材を見ると、総毛だったように顔の血の気が失《う》せ、激しく身を顫わせた。

「座れ」

ふたりの責役が政次の両腕を取って、政次を立ち上がらせると、強引に角材を並べた上に正座させた。そして、長方形の平石を運んできて、政次の脇に積み上げた。

政次は顔を苦痛にゆがめていた。座るだけで、角材の角が、足に食い込むのだ。

「頭目の名は？」

竜之介があらためて訊いた。

「し、知らねえ……」

政次は苦痛と恐怖に顔をゆがめながらも、まだ口を割らなかった。

「石を積め」

竜之介が命じた。

すぐに、ふたりの責役が石を運んできて政次の膝《ひざ》の上に置いた。

ギャッ、と政次が悲鳴を上げ、身をよじった。激痛が政次を襲ったようだ。

さらに、責役が石を運んできて、二枚、三枚と積み上げた。五枚まで積み上げたとき、角《かど》が足の骨にまで食い込み、脛《すね》の肌が破れて血が噴いた。政次は、激しく首を振りまわし、喉の裂けるような悲鳴を上げた。ざんばら髪がバサバサ揺れ、顔や首筋に絡みついた。

「どうだ！　しゃべる気になったか」

竜之介の声も荒くなった。双眸《そうぼう》が異様なひかりを帯びている。拷問をする方も気が昂《たかぶ》り、荒々しい気持ちになっているのだ。

だが、政次はまだ口をひらかなかった。

すると、責役のひとりが割竹を手にし、

「申し上げな！　申し上げな！」

と叫びながら、政次の背をビシビシとたたいた。

政次は、狂ったように首を振って絶叫を上げている。

「もう一枚、積め！」

竜之介が声を上げた。

そのときだった。政次が首を振りながら、

「しゃ、しゃべる」

と、悲鳴のような声で言った。

8

「石を取ってやれ」

竜之介が責役の男に命じた。

すぐに、政次の膝の上に積まれた石は取りのぞかれた。そして、ふたりの責役の男が政次の両腕を取って体を持ち上げ、横田棒の脇に尻《しり》をつかせた。政次は両足を前に投げ出した。両脛が破れ、血が流れ出ている。

「話が済めば、足の手当てをしてやる」

竜之介が言った。

政次は顔を苦痛にゆがめ、ハァハァと荒い息をついている。顔には、べっとりと脂汗が浮いていた。

「さて、頭目の名を話してもらおうか」

竜之介が穏やかな声で訊いた。

「つ、佃《つくだ》の甚蔵《じんぞう》親分……」

政次がかすれ声で言った。

政次によると、甚蔵は佃島の漁師の子に生まれ、十五、六歳まで佃島で育ったことから、そう呼ばれるようになったそうだ。また、甚蔵は五十がらみ、面長で鼻梁《びりょう》が高く、瘦身《そうしん》だという。

「甚蔵は、深谷の宗兵衛の子分だったのではないか」

竜之介が声をあらためて訊いた。

「……宗兵衛親分の右腕だったと聞いていやす」

「やはりそうか」

おそらく、甚蔵が宗兵衛の手口を真似て、荒船屋と伊東屋に押し込んだのだろう。

「それで、甚蔵の塒《ねぐら》は」

竜之介が政次を見すえて訊いた。

「お、おれは、知らねえ」

政次が顔をゆがめて言った。

「なに、知らないだと！」

竜之介の声が大きくなった。

「う、嘘じゃァねえ。おれたちは、佃の親分の居所を知らせちゃァもらえなかったんだ」

政次が必死の面持ちで言った。

「ならば、盗みに入るとき、どこで甚蔵と顔を合わせていたのだ」

「三笠屋でさァ」

「三笠屋か……」

竜之介は、三笠屋が盗人宿《ぬすっとやど》になっていたのだと察知した。茂平が三笠屋の床下にもぐり込んで話を聞いたときも、甚蔵を頭とする盗賊一味が集まっていたのかもしれない。

「すると、三笠屋の駒五郎も、おまえたちの仲間だな」

「甚蔵親分の右腕でさァ。おれたちは、客に化けて三笠屋に行き、駒五郎兄いに会ってたんで」

三笠屋には、もうひとり浜助《はますけ》という仲間がいるという。浜助は若い衆《し》として店に寝泊まりしているそうだ。

「うむ……」

どうやら、駒五郎が一味のまとめ役として三笠屋を使って接触し、仲間たちに指図していたらしい。

「おまえたちの仲間は七人のようだが、おまえと殺された安次郎、市谷泉十郎、駒五郎、浜助、それに頭の甚蔵で六人だが、もうひとりはだれだ」

「暗闇の兄いで」

「名は？」

「峰造でさァ」

政次によると、峰造はひとり働きの盗人で、仲間内では暗闇の峰造と呼ばれているそうだ。二年ほど前、政次は重造の賭場《とば》で峰造と知り合い、そのころ賭場に顔を出していた浜助を介して駒五郎と会い、峰造といっしょに仲間にくわわったという。峰造がかなりの年長だったことから、暗闇の兄い、と呼んでいるそうである。

「さて、市谷だが、どこで知り合ったのだ」

竜之介が訊《き》いた。

「甚蔵親分が、二年ほど前《めえ》に江戸に連れてきたそうでさァ」

十数年前、甚蔵は宗兵衛の右腕として大店《おおだな》に次々に押し入り、大金を奪った後、上州高崎宿《たかさきじゅく》の博奕《ばくち》打ちの親分の許《もと》に身を隠していた。その親分の許で、用心棒をしていたのが、市谷だという。

甚蔵は十三年前にひそかに江戸に帰り、身をひそめて暮らしていたという。そして、二年ほど前から宗兵衛のときと同じように大店に押し込むことを計画し、腕の立つ市谷も仲間にくわえたそうだ。

「市谷の塒は」

竜之介が声をあらためて訊いた。

「借家だそうで」

「その借家は、どこにある」

「黒江町と聞きやしたが、行ったことがねえんで、どこにあるかは分からねえ」

「うむ……」

牢人者《ろうにんもの》が独り暮らしをしている借家は、そう多くないだろう。黒江町で聞き込めば、つかめるかもしれない。

それから、峰造の塒も訊いたが、政次は知らないようだった。

竜之介は、これからの探索も考え、甚蔵、浜助、峰造の三人の年恰好や人相なども訊いておいた。

竜之介の訊問《じんもん》が一段落したとき、それまで黙って聞いていた横田が、

「政次」

と、声をかけた。

「へ、へい」

政次が首をすくめるように頭を下げた。顔が怯《おび》えたようにゆがんだ。

「おまえたちの頭の甚蔵は、宗兵衛の右腕だったそうだな」

横田が政次を見すえながら訊いた。

「そう聞きやした」

「おまえたちの仲間のなかに、宗兵衛の手下だった者が他にもいるのか」

「駒五郎兄いと安次郎も、宗兵衛一味だったと聞きやした」

「他には、いないのだな」

「へい」

「うむ……。三笠屋という料理屋だが、駒五郎が宗兵衛一味だったときの分け前で買ったのかもしれんな」

横田が自問するようにつぶやいた。

「むかしのことは、知りやせん」

政次が首をすくめて言った。

「ところで、政次、宗兵衛は生きているのか」

ふいに、横田が語気を強くして訊いた。

「……おれには、分からねえ」

政次は首をひねった。

「そうか。……甚蔵か駒五郎なら宗兵衛がどうなったか知っているかもしれんな」

横田は、そうつぶやいただけで口をつぐんだ。

第五章　佃《つくだ》の甚蔵《じんぞう》

1

瀬川屋の離れの居間に、五人の人影があった。竜之介、平十、茂平、寅六、おこんである。竜之介が平十に指示して、密偵たちを集めたのである。

政次の吟味を終えた翌日の夕暮れ時だった。居間の隅に置かれた行灯《あんどん》に火が入り、竜之介たちの姿をぼんやり照らし出していた。

竜之介は政次が白状したことを集まった四人に話した後、

「盗賊一味の七人の名は知れたが、頭の甚蔵の隠れ家が分からねえ」

と、言い添えた。仲間内だったこともあり、竜之介の物言いは伝法だった。

「雲井さま、三笠屋の浜助をお縄にして、吐かせたらどうです」

平十が、もっともらしい顔をして言った。

「それも考えたのだがな。……肝心の甚蔵を逃がすことになるかもしれねえぜ」

甚蔵は、駒五郎や浜助が火盗改に捕らえられたことを知れば、すぐに隠れ家から姿を消すだろう。江戸から逃走するかもしれない。そうなると、十数年前の宗兵衛のように捕らえられないだろう。

「それでな、御頭とも相談したのだが、三笠屋を見張って駒五郎と浜助を尾行し、甚蔵と峰造の隠れ家をつきとめることに、全力をあげることにしたのだ」

竜之介は、駒五郎は政次が火盗改に捕らえられたことを知れば、かならず甚蔵と接触するはずだ、と言い添えた。

「雲井さま、市谷の塒《ねぐら》は捜さないんですか。黒江町の借家と分かっているなら、つきとめられますよ」

おこんが言った。

「それは、風間にまかせてある。いまごろ、風間の手先が、黒江町に散っているはずだ」

竜之介は、風間の手先が市谷の塒を捜しだすだろうとみていた。

「あたしらは、頭目の甚蔵と峰造の塒をつきとめればいいんですね」

「そういうことだ」

「やりやしょう」

寅六が声を上げると、茂平やおこんもうなずいた。

竜之介は、集まった四人と手筈《てはず》を相談した後、

「平十、明日、舟を出してもらいたいのだがな」

と、声をかけた。

「どこへ行きやす」

「佃島だ。甚蔵のことを探ってみたいのだ」

政次によると、甚蔵は佃島の漁師の倅《せがれ》に育ち、十五、六歳まで佃島で過ごしたとのことだった。佃島には、甚蔵のことを知っている者がいるのではないかと竜之介は思ったのだ。

翌朝、竜之介は平十の漕《こ》ぐ舟で佃島にむかった。柳橋から歩けば遠方だが、舟なら大川を下れば、すぐだった。竜之介が、瀬川屋にいることが多いのは、必要なときに平十の舟が使えるからでもある。

晴天だった。大川の川面《かわも》が朝日を反射《はね》て、淡い黄金色にかがやきながら揺れていた。竜之介の乗る舟は朝の清々《すがすが》しい風を切って、川面をすべるように下っていく。

永代橋をくぐると、前方に石川島と佃島が迫ってきた。佃島は石川島より下流に位置していたが、二島はつながっているといってもいい。

「雲井さま、佃島のどこへ着けやす」

平十が艪《ろ》を手にしたまま訊《き》いた。

「どこでもいいが、近くに漁師の家があると助かるんだがな」

竜之介に、あてはなかった。甚蔵と歳のちかい五十がらみの漁師をつかまえて、訊いてみるしかないのだ。

「島の東側につけやすぜ」

平十は、水押《みお》しを佃島の東側にむけて川を下った。

平十が舟をむけたのは、岸際に杭《くい》を打ち、平板を渡しただけのちいさな桟橋だった。猪牙舟《ちょきぶね》が一艘《そう》、それに漁に使われる小舟が三艘杭につないであった。

平十は船縁《ふなべり》を桟橋に付けると、

「下りてくだせえ」

と、竜之介に声をかけた。

竜之介は舟から桟橋に飛び下り、平十が舟を杭につなぐのを待ってから短い石段を上がり岸沿いの小径《こみち》に出た。

小径沿いに、小体《こてい》な柿葺《こけらぶ》きの家が数軒並んでいた。漁師の家らしく、家の前に網が干してあったり、水を張った桶《おけ》が置いてあったりした。

家の前で腹掛けひとつの男児《おとこのこ》が三人、遊んでいた。四、五歳であろうか。キャッ、キャッと笑い声を上げながら、駆けまわっている。鬼ごっこでもしているらしい。

「餓鬼じゃァ、話も聞けねえや」

平十が苦笑いを浮かべて言った。

その子供たちの脇を通り過ぎたとき、前方から腰切半纏《こしきりばんてん》に褌《ふんどし》姿の男がやってきた。腰に魚籠《びく》と思われる籠《かご》をぶら下げていた。はっきりしないが、年配らしい。顔が、陽に灼《や》けて赤銅色をしている。

竜之介は歩いてくる男の前に立って足をとめた。

男は竜之介を見ると、驚いたような顔をしたが、すぐに道端に身を寄せて頭を下げた。竜之介が武士なので、道をゆずったらしい。

「土地の者か」

竜之介は男に近付いて声をかけた。

「へ、へい」

男が怯《おび》えるように肩をすぼめた。

「つかぬことを訊くが、甚蔵という男を知らぬか。かれこれ、三十四、五年前になるのだが、当時十五、六でな。この辺りの漁師の倅だったらしいのだ」

政次から甚蔵は五十がらみと聞いていたので、三十四、五年前になる勘定である。

「そんな、むかしのことは分からねえなァ」

男は首をひねった。

「この辺りに、むかしのことに詳しい者はいないか」

「桑吉《そうきち》のとっつァんなら、知ってるかもしれねえ」

男がつぶやいた。

「桑吉という男はどこにいる」

「あっしが、呼んできやしょうか」

「頼む」

「ちょっくら、待っててくだせえ」

そう言い残し、男は家の間の狭い路地に走り込んだ。

待つまでもなく男は、すこし腰のまがった老爺《ろうや》をひとり連れてもどってきた。丸顔で肌が浅黒く、皺《しわ》が多かった。猿のような顔をした男である。

老爺は竜之介の前に立つと、怯えたような顔をして竜之介を見上げた。呼びに行った男は老爺の脇に並び、いっしょになって竜之介を見つめている。

「桑吉か」

竜之介が訊いた。

「へえ……。あっしに、何か用ですかい」

桑吉が塩辛声で訊いた。

「甚蔵という男を知らぬか」

竜之介は、さきほど話したことをあらためて口にし、

「当時、十五、六だったはずだ」

と、言い添えた。

「そいつは、喜作《きさく》の倅だ」

桑吉が言った。

「喜作という男は？」

「甚蔵がこの島を出て、二年ほどして死んじまった」

桑吉が訥々《とつとつ》と話したことによると、喜作は佃島で漁師をしていたが病気がちで、暮らしは困窮していたそうである。

喜作の女房は、甚蔵が幼いころ病で死に、その後は喜作と甚蔵、それに妹の三人で食うや食わずの暮らしをつづけていたという。

妹が十二になったとき、喜作の病が重くなったこともあって女衒《ぜげん》に売られ、喜作と甚蔵のふたりで暮らすようになったそうだ。

ところが、甚蔵は佃島での貧しい暮らしを嫌って、病気で臥《ふ》せっている父親の喜作を見捨てて家を飛び出してしまった。倅に見捨てられた喜作は、甚蔵が島を出て二年ほど後に飢え死に同然に息を引き取ったという。

「まったくひでえ話だよ」

桑吉が洟《はなみず》をすすり上げ、涙声で言った。そのころのことを思い出したのであろう。

「この島を出てから、甚蔵がどこへ行ったか知っているか」

竜之介が訊いた。

「深川へ行ったようでさァ。それが、甚蔵のやつ、悪い仲間に入《へえ》って八幡さま辺りをうろついてたようなんで……」

八幡さまというのは、富ヶ岡八幡宮のことである。

……深川に出た後、甚蔵は宗兵衛と出会ったのであろう。

甚蔵が宗兵衛の右腕として商家に押し入ったのは、十数年前である。甚蔵が三十代半ばのころなのだ。

甚蔵は深川に出てから悪い仲間と付き合い、盗人《ぬすっと》に手を染めたのかもしれない。そして、宗兵衛と知り合ったのであろう。

「ところで、桑吉、ちかごろの甚蔵のことは知らぬか」

竜之介が声をあらためて訊いた。

「三、四年前《めえ》、深川で甚蔵の姿を見かけやした」

「深川のどこだ」

「山本町《やまもとちょう》だったかな。それが、甚蔵のやつ、金持ちになったらしくて、大店《おおだな》の旦那《だんな》みてえな上物の羽織を着てやした。甚蔵が料理屋から出たところで、あっしとばったり顔を合わせたんでさァ。甚蔵のやつ、知らん顔をしてやしたが、あっしはすぐに甚蔵だと分かりやしたよ」

「顔を覚えていたのだな」

「それもありやすが、黒子《ほくろ》でさァ」

「黒子だと」

「へえ、甚蔵には、目立たねえが、ここんところに小豆粒《あずき》ほどの黒子があるんでさァ」

そう言って、桑吉は右耳の下の顎《あご》の辺りを指先で撫《な》でた。

「桑吉、いい話を聞いたぞ」

竜之介は、甚蔵を見分けるいい目印になると思った。

それから、竜之介は甚蔵が出てきた料理屋の名を訊いたが、門前通りにあった店だとしか分からなかった。

「助かったぞ」

そう言って、竜之介は財布を取り出すと、ふたりで何かうまいものでも食ってくれ、と言って、小粒銀を握らせてやった。

2

おこんはゆっくりとした足取りで、黒江町の富ヶ岡八幡宮の表通りを歩いていた。

前方左手の通り沿いに三笠屋がある。おこんは、三笠屋を見張っていたのだ。賑《にぎ》やかな表通りに面した三笠屋の店先を見張るのは、むずかしかった。通り沿いには表店《おもてだな》が軒を連ねていたので、身を隠す場所がなかったのである。仕方なく、おこんは通り沿いの小間物屋に入ったり、斜《はす》向かいにあったそば屋の脇で人を待っているような振りをしたりして、三笠屋に目をやっていたが、ときおり、行き交う参詣客《さんけいきゃく》や遊山客などにまぎれて、通りを歩いたりもした。

長くは見張れなかったので、おこんは三笠屋が店をひらいてから一刻《いっとき》半（三時間）ほどだけにした。

それというのも、あるじの駒五郎と若い衆《し》の浜助が店を出るとすると、店をひらいて間もなくだろうとみたのだ。そのころは、まだ客がすくないので、店を出やすいはずである。おこんは、駒五郎か浜助が店から出てきたら跡を尾《つ》けて、行き先をつきとめようと思っていた。頭の甚蔵か暗闇の峰造と接触すれば、ふたりの居所がつかめるのだ。

九ツ半（午後一時）ごろだった。表通りは、大勢の通行人が行き交っていた。

おこんは三笠屋に目をやりながら、ぶらぶらと歩いた。三笠屋の暖簾《のれん》は出ていたが、戸口の格子戸はしまったままでだれも出てこなかった。

おこんが、三笠屋を見張るようになって三日目だった。すでに、おこんは三笠屋から出てきた常連客らしい男をつかまえて、言葉巧みに駒五郎と浜助が店にいることやふたりの体軀《たいく》と容貌《ようぼう》などを聞き込んでいた。

駒五郎は、大柄で赤ら顔だという。ふだん唐桟《とうざん》の羽織に小袖《こそで》を着流しているそうだ。また、浜助は三十がらみ、小柄で痩《や》せているという。動きが敏捷《びんしょう》で、すばしっこい感じがするそうである。

おこんは三笠屋の前を通り過ぎた。そして、一町歩くと、通り沿いの紅屋を覗《のぞ》く振りをして、来た道を引き返した。

……今日も、だめかねえ。

おこんは胸の内でつぶやいた。

ふたたび、三笠屋の前を通り過ぎ、すこし歩いたときだった。三笠屋の戸口の方で戸をあける音がした。

おこんは振り返って見た。三笠屋の格子戸があいて、男がひとり出てきたところだった。

……浜助かもしれない！

おこんは胸の内で声を上げた。

男は小柄で痩せていた。すこし遠かったので、年恰好まではっきりしなかったが、三十がらみに見えた。男は格子縞《こうしじま》の単衣《ひとえ》を裾高《すそだか》に尻《しり》っ端折《ぱしょ》りしていた。足早に富ケ岡八幡宮の方へ歩いていく。

……まちがいない、浜助だ。

おこんは、男の歩く姿から、真っ当な男ではないとみてとった。すばしっこそうだし、身辺に野犬を思わせるような荒廃した雰囲気がただよっていたのである。そう感じとったのは、おこんが女掏摸《すり》として町を歩く多くの男を見てきたからであろう。

おこんは、浜助の跡を尾け始めた。表通りは人通りが多く、尾行に気付かれる恐れはなかったが、おこんは用心して半町ほども間をとった。浜助は盗賊一味のひとりである。尾行にも、気を遣って歩いているはずなのだ。

浜助は富ヶ岡八幡宮の門前を通り過ぎた。そのまま東にむかって歩いていく。

……どこへ行くつもりだい。

おこんは浜助からさらに距離をとり、一町ほども間をあけた。八幡宮の門前を通り過ぎて、永代寺門前　東仲町《ひがしなかちょう》に入ると、急に人通りがすくなくなったのである。

浜助は三十三間堂の脇を通り過ぎ、前方に掘割にかかる汐見橋《しおみばし》が見えてきたところで、右手の路地に入った。そこは、入船町である。

おこんは、小走りになった。浜助の姿が見えなくなったからである。

路地の角まで来ると、前方に浜助の後ろ姿が見えた。そこは細い路地で、小体な店や表長屋などがごてごてとつづいていた。

おこんが、路地に入って一町ほど歩いたときだった。

ふいに、浜助は右手にまがり、その姿が見えなくなった。おこんは浜助がまがった辺りを見つめながら駆けだした。ここまで尾けてきて、浜助を見失いたくなかったのだ。

すこし駆けると、浜助が路地木戸に入ったことが分かった。長屋につづく路地木戸である。

……浜助の塒《ねぐら》のはずはないが。

おこんは、三笠屋が浜助の塒らしいことを聞いていたのだ。それでも、念のために確かめてみようと思った。

路地に目をやると、一町ほど先に八百屋があった。店の親爺《おやじ》が、店先で長屋の女房らしい女と話している。

おこんは八百屋に足をむけた。おこんが店先まで来たとき、ちょうど女が店先から離れた。青菜の入った笊《ざる》をかかえていた。女は八百屋に青菜を買いに来て、店の親爺と話し込んでいたらしい。

「ごめんなさいよ」

おこんは、親爺に声をかけた。

「らっしゃい」

親爺が威勢のいい声をかけ、顔をくずした。おこんを客とみたのであろう。

おこんは、八百屋で買うものはなかったので、仕方なく懐から紙入れを出し、波銭をつまみ出して親爺に握らせながら、

「ちょいと、訊《き》きたいことがあるんだよ」

と、小声で言った。おこんの物言いは、すこし伝法である。

「姐《あね》さん、何を訊きてえんです」

親爺は、銭を握ったままおこんに身を寄せてきた。

「そこに、長屋があるね」

おこんは、浜助が入っていった路地木戸を指差した。

「長十郎店《ちょうじゅうろうだな》でさァ」

「あたしの知り合いがね、この辺りの長屋に住んでるんだよ。あの長屋に、浜助って男はいますかね」

おこんは、浜助の名を出した。

「浜助って名の男はいませんや」

すぐに、親爺は答えた。

「三十がらみの痩せた男でね。料理屋に勤めてる男なんだよ」

なおも、おこんは訊いた。浜助は別の名で住んでいるかもしれない、と思ったから

である。

「長十郎店にはいねえなァ」

親爺によると、長十郎店はちいさな棟割り長屋で、十家族しか住んでいないという。それらしい男はいないそうだ。

「そうかい」

浜助が自分の塒に帰ったのではない、とおこんは思った。となると、甚蔵か峰造が住んでいるのではあるまいか。棟割り長屋に、頭目の甚蔵が暮らしているとは思えなかったので、峰造かもしれない。

そんなやり取りをしていると、路地木戸からふたりの男が出て来るのが見えた。

……浜助が出てきたよ。

いっしょにいるのは、小柄な男だった。老齢な感じがする。

……峰造だ！

と、おこんは直感した。

竜之介から、峰造は小柄で丸顔、初老の男だと聞いていたのだ。竜之介は政次を訊《じん》問《もん》したとき聞いておいたらしい。

路地木戸から出たふたりはおこんに背をむけ、表通りの方へむかって歩いていく。

「親爺さん、手間をとらせてすまなかったね」

おこんはそう言い残し、急いで八百屋の店先を離れた。

3

おこんは、浜助と峰造の跡を尾け始めた。

浜助たちは表通りへ出ると、富ケ岡八幡宮の門前の方へ足をむけた。おこんは、浜助たちから一町ほど距離をとって跡を尾けていく。

ふたりは、八幡宮の門前を通り過ぎた。なおも、西にむかって歩いていく。表通りは賑《にぎ》やかだった。参詣客《さんけいきゃく》や遊山客が行き交っている。この辺りは遊里で知られた地で、女郎屋目当ての遊び人ふうの男も目につく。

前方に一ノ鳥居が見えてきた。鳥居の先が、三笠屋のある黒江町である。

……ふたりは、三笠屋へむかったのかもしれない。

と、おこんが思ったときだった。

ふいに、浜助たちふたりが、別の料理屋の前に足をとめた。そして、通りの左右に目をやってから店の暖簾《のれん》をくぐった。

そこは山本町だった。おこんは、浜助たちが入った料理屋に近付いた。老舗《しにせ》らしい大きな店である。二階もあり、店の奥にも客を入れる別棟がありそうだった。

店に近付くと、玄関脇の掛け行灯《あんどん》に船吉《ふなよし》と書いてあるのが目にとまった。

……はて、どうしたものかね。

おこんは、船吉の店先をゆっくりとした歩調で歩きながら思案した。

ふたりが連れ立って船吉に飲みに来たとは思えなかった。かといって、店に入って訊くわけにもいかない。

……しばらく、出てくるのを待つか。

と、おこんは思った。

おこんは通りに目をやったが、身を隠して船吉の店先を見張るような場所はなかった。仕方なく、おこんは三笠屋を見張っていたときと同じように近所の店先を覗いたり、表通りを歩いたりしながら船吉に目をやった。

半刻《はんとき》（一時間）ほどすると、暮れ六ッ（午後六時）の鐘が鳴った。

……今日は、ここまでにしようかね。

おこんは、ふたりが出てきたとしても、三笠屋か入船町の長十郎店に帰るだけではないかと思った。それに、おこんはひどく疲れていた。一日中歩きまわったので、足も痛かった。

おこんは船吉の前から離れ、表通りの人込みのなかにまぎれた。

竜之介は朝餉《あさげ》を終え、瀬川屋の店で、おいその淹《い》れてくれた茶を飲んでいた。竜之介は離れに泊まったとき、瀬川屋で用意してくれた朝餉を食べることが多かった。自分でめしの支度はできなかったし、おいそや吉造が気持ちよく朝餉を用意してくれたからである。むろん、竜之介は相応の金子《きんす》を瀬川屋に渡していたし、瀬川屋としても火盗改の竜之介が、店の離れにいてくれれば、頼りになった。土地のならず者や地まわりなどは近付かなかったし、万一お上の世話になるような事件に巻き込まれたとしても、竜之介ほど強い味方はなかったのである。

「ごめんなさいよ」

戸口で声がし、おこんが顔を出した。

「おこん、何か知れたようだな」

竜之介は、おこんが瀬川屋を訪ねてきたのは、盗賊一味について何かつかんだからだろうと踏んだ。

「つかみましたよ」

おこんが小声で言った。

「離れで聞こう」

すぐに、竜之介は立ち上がった。おいそと吉造は板場にいたが、竜之介たちの話は聞こえるのだ。

竜之介たちはいったん店から出て、店の脇を通って裏の離れにむかった。瀬川屋の裏口からも離れに行けたが、おいそや吉造のいる板場を通り抜けなければならなかったのだ。竜之介とおこんは、離れの縁先に腰を下ろした。

「暗闇の峰造の塒が、知れましたよ」

おこんが切り出した。

「知れたか。さすが、おこんだ」

「入船町の長十郎店です」

おこんは、三笠屋から浜助を尾行したことから八百屋の親爺に話を聞いたことまでをかいつまんで話した。

「あたしが、親爺さんと話してるときに、ちょうどふたりが出てきましてね。念のために、ふたりの跡を尾《つ》けたんですよ」

おこんが言い添えた。

「それで？」

「ふたりは山本町にある船吉という料理屋に入りましてね。しばらく、店を見張ったんですが、なかなか出てこないのであきらめたんです」

おこんが、そう話したとき、

「いま、山本町の料理屋と言ったな」

竜之介が聞き返した。佃島の桑吉の話が、竜之介の胸をよぎったのだ。桑吉は、甚蔵が山本町の料理屋から出てきたところで顔を合わせたと言っていたのだ。

……船吉が、その店ではないか。

と、竜之介は思った。もしそうなら、偶然ではない。甚蔵は、船吉と何かかかわりがあるはずだ。

「おこん、その店に頭目の甚蔵が身を隠しているかもしれんぞ」

竜之介が声を大きくして言った。

「そうなのかい」

おこんも、驚いたような顔をした。

「まだ、はっきりしたことは分からねえ。……ともかく、総出で船吉を探ってみよう」

竜之介の物言いが伝法になった。おこんを相手に話していたためだが、気が昂《たかぶ》っていたせいもある。

「おこん、茂平とつないでくれ。今日のうちにも、ここに来るようにとな」

「分かりました」

「寅六のつなぎは、平十に頼もう」

竜之介は、密偵たちに指図して船吉を洗おうと思った。

4

その日の夕方、瀬川屋の離れに密偵たちが集まった。平十、寅六、茂平、それにおこんである。

まず、竜之介はおこんがつきとめた峰造の塒と浜助と峰造のふたりが船吉に入ったことを話し、

「実は、三、四年前、船吉の店先で甚蔵の姿を見た者がいるのだ」

そう前置きして、佃島で聞き込んだことを話した。桑吉は船吉の名は口にしなかったが、同じ山本町なのでまちがいないだろう。

「船吉があやしいな」

寅六が、目をひからせて言った。平十、茂平、おこんの三人もうなずいている。

「それで、船吉を洗ってもらいてえ」

竜之介の物言いが、また伝法になった。

「承知しやした」

茂平が応《こた》えた。

「目印は、顎《あご》の黒子《ほくろ》だ」

竜之介が一同に視線をめぐらして言い添えた。

すぐに、四人の密偵は腰を上げたが、船吉の探索は明日からということになるだろう。ただし、夜中に家屋敷に侵入する術を身につけている茂平は、今夜のうちに船吉にもぐり込むかもしれない。

四人の密偵の働きはめざましかった。わずか三日で、甚蔵の居所が知れたのだ。竜之介の睨《にら》んだとおり、甚蔵は船吉に身をひそめていた。

まず、平十、寅六、おこんの三人が近所で聞き込み、甚蔵が船吉のあるじらしいことが分かった。名は稲兵衛《とうべえ》と変えていたが、稲兵衛は五十がらみで、顎に黒子があると聞き込んできたのである。

さらに、茂平が船吉に侵入し、甚蔵の居所をつかんできた。甚蔵は船吉の裏手にある別棟を自分の家として使い、お富《とみ》という妾《めかけ》とふたりで暮らしていた。甚蔵が主人になる前、別棟は馴染《なじ》みの客や人目を忍んで飲みたい女連れの客などに使われていたらしいが、甚蔵が主人になってからは客を入れなくなったという。

甚蔵は十三年前、日本橋のお大尽《だいじん》という触れ込みで、左前になっていた船吉を大金を積んで居抜きで買い取り、包丁人や女中などはそのまま雇い、店をつづけるとともに自分はお富とふたりで、店の裏手の別棟で隠居のような暮らしを始めたという。

平十たちから話を聞いた竜之介は、

……甚蔵は隠れ家にするために、船吉を買ったのだ。

と、思った。その金は、宗兵衛一味が押し込み強盗で奪った金の分け前であろう。三笠屋のあるじに収まった駒五郎も、同じ手を使ったようだ。しかも、ふたりは近くに住み、ひそかに連絡を取り合っていたのである。

おそらく、甚蔵と駒五郎は十数年前に奪った金が底をついてきたため、新たに仲間を集め、宗兵衛と同じ手口で押し込み強盗を働いたのであろう。

「雲井さま、一味をふん縛りやしょう」

平十が意気込んで言った。

その日、瀬川屋の離れに、平十、寅六、茂平、おこんの四人が集まっていた。

「まだ、市谷の居場所が分からんが、いつまでも待てねえな」

一昨日、竜之介の許《もと》に風間が姿を見せ、

「市谷の住んでいた借家はつきとめましたが、ここ数日、市谷は塒《ねぐら》にもどってないようです」

と、報告した。

風間によると、借家には風間の手先が交替で張り付いているという。

「おれたちの動きに気付けば、甚蔵も駒五郎も姿を消すだろうよ」

竜之介は、一日も早く仕掛けた方がいいと思った。

「ともかく、今日中にも、御頭と相談してくる」

捕方《とりかた》をむけるとなると、横田も出張《でば》ることになるだろう。それに、隠れ家は三か所だった。三笠屋、船吉、長十郎店である。一度に襲わねば逃げられるので、大勢の捕方を集める必要がある。

「あっしらは、どう動きやすか」

平十が訊《き》いた。

「それぞれの隠れ家を見張っていてくれ。……四人だけで、三か所に張り付いているわけにはいくまい。交替して、様子を見にまわればいいだろう」

甚蔵たちは、まだ自分たちの隠れ家が火盗改に気付かれたとは思っていないはずだ。すぐに、逃走することはないだろう。

「承知しやした」

平十がそう言うと、他の三人もうなずいた。

寅六、茂平、おこんの三人が離れを出た後、その場に残った平十に、

「平十、舟を出してくれ」

と、竜之介が言った。

「御頭のお屋敷ですかい」

平十だけは、横田のことを御頭と呼んでいた。竜之介のそばにいることが多いこと

もあって、竜之介を真似ているのであろう。

「そうだ」

「行きやしょう」

平十はすぐに離れを出た。

竜之介は、平十の舟で横田屋敷の近くの掘割まで行き、平十も連れて門内に入った。屋敷内にいた横田は、すぐに家士に命じて竜之介を玄関に近い座敷に通した。平十は玄関脇で竜之介と別れた。中間の住む長屋の脇で待っていることになっていたのだ。

家士が連れていったのは、横田が竜之介たち与力を呼んで指図するおりに使われる座敷で、与力や同心たちの間で御指図部屋とも呼ばれていた。そこは中庭に面した座敷で、家族の住む奥からは隔絶されていた。火盗改は凶悪な罪人を相手にする役柄なので、横田は家族とは離れた場所で役目にあたりたかったのであろう。

竜之介は横田と対座すると、

「御頭、頭目と手下どもの居所が知れました」

と、すぐに切り出した。

「なに、居所が知れたとな」

横田の声が大きくなった。

「はい」

「雲井、でかしたぞ」

横田の顔に驚きと満足そうな表情が浮いた。これほど早く、竜之介が押し込み強盗一味の居所をつかんでくるとは思わなかったのだろう。

「ただひとり、市谷なる者の居所がつかめておりませぬが、頭目以下四人をできるだけ早く捕らえた方がよいかと存じます」

竜之介は、日を置くと頭目や主だった手下が姿を消す恐れがあることを言い添えた。

「よし、すぐに捕らえよう」

横田が声を大きくして言った。

それから、竜之介は横田に、船吉、三笠屋、入船町の長屋の三か所に一味の四人が身を隠していることを話し、捕方を三方にむける手筈《てはず》を相談した。

ふたりの話が一段落したとき、

「捕方を大勢、集めねばならぬな」

横田が、大きな目をひからせて言った。捕方を三か所に分けて差し向けねばならなかった。当然、大勢の捕方が必要になる。

横田の顔が紅潮していた。いよいよ、江戸中を騒がせた押し込み強盗を捕らえることになったのだ。大捕物である。横田も気が昂っているようだ。

竜之介は、横田と捕方を三手に分ける手筈を話し終えると、

「御頭、捕方を深川にむけるのはいつがよろしいでしょうか」

と、訊いた。

「明後日、わしからも召捕方の与力たちに命じておく」

横田が言った。

「船吉と三笠屋は料理屋ゆえ、未明がよいかと存じます」

二店は賑《にぎ》やかな表通りに面していた。火盗改の捕方が集まれば、大騒ぎになるだろう。その騒ぎにまぎれて、一味の者を取り逃がす恐れがあった。それに、夜になっても、料理屋には客がいる。捕方が店内に踏み込んで、一味の者を捕らえるのはむずかしい。となると、踏み込むのは未明から早朝ということになるだろう。

「未明となると、三日後ということになるな」

横田は与力たちが、捕方を集め手筈をととのえる時間が必要であることを言い添えた。

「承知しました」

すでに、暮れ六ツ（午後六時）を過ぎていた。今日は動けないだろう。明日、与力に命じたとしても、与力たちが捕方に周知させ手筈をととのえるために一日は必要だろう。となると、早くても捕縛にむかえるのは三日後の未明ということになる。

「雲井、ひとりも逃すまいぞ」

横田が、顔をけわしくして言った。

5

「雲井さま、平十なる者が来ております」

馬淵《まぶち》という同心が、緊張した面持ちで言った。

「よし」

すぐに、竜之介は腰を上げた。船吉を見張っていた平十が、知らせに来たようだ。

竜之介は、横田屋敷の与力詰所にいた。竜之介のほかに、召捕・廻り方与力が四人顔をそろえていた。他の事件にかかわっていたふたりの与力を除いて、五人の与力が詰所内に集まったのだ。

いよいよ明日の未明、甚蔵以下一味の者たちを捕縛するために深川にむかうのである。与力たちはまだ捕物装束ではなく、羽織袴《はおりはかま》姿だった。

竜之介は茶を一杯すすっただけで、すぐに与力詰所から出た。屋敷の外は深い夜陰につつまれていた。町木戸のしまる四ツ（午後十時）ごろである。

玄関脇で、平十が待っていた。

「どうだ、船吉と三笠屋の様子は」

すぐに、竜之介が訊いた。

船吉、三笠屋、入船町の長十郎店には、捕物にむかう与力と同心の手先が、何人か見張っているはずだった。平十は、船吉と三笠屋の見張りの様子や強盗一味の動向を竜之介に知らせることになっていたのだ。

「み、店に、おりやす。甚蔵も駒五郎も店から出てねえ」

平十が、声をつまらせて言った。

「ごくろうだな。それで、平十の舟は?」

「近くの桟橋に、つないでありやす」

平十が口にした桟橋は、横田屋敷の前の掘割にある。

「よし、今夜は中間長屋で休んでくれ。明日の朝、舟を頼むぞ」

中間や小者の住む長屋に、与力や同心の船頭役の手先たちが何人か泊まっているはずだった。明日、暗い内に深川へむかうので、船頭役を集めておいたのである。

「へい」

平十は、すぐに中間長屋にむかった。

その夜、他の与力や同心が放った手先も、何人か横田屋敷に報告に来た。盗賊一味に変わった様子はないようだった。船吉、三笠屋、長十郎店の三か所に一味の者たちはいるようである。

それから、竜之介は与力詰所にもどり、他の与力たちとともに横田家で用意した湯漬けで、腹ごしらえをしてから仮眠をとった。明日、深川に出向く同心や捕方《とりかた》たちにも、握りめしや湯漬けがふるまわれた。食事後、同心や捕方たちも、わずかな時間だが横になって休む手筈になっていた。

竜之介たち五人の与力は、寅《とら》ノ上刻（午前三時過ぎ）ごろに起きて支度を始めた。同心や捕方たちも、それぞれの部屋で支度をしているはずだった。

支度を終えた竜之介たちは、横田屋敷の玄関先に集まった。屋敷の外は、まだ夜陰につつまれていた。

満天の星である。晴天らしい。

五人の与力の捕物出役《でやく》装束は、ぶっさき羽織に裾高《すそだか》の野袴、紺足袋《たび》に草鞋《わらじ》掛けである。腰には大小を帯び、手に十手を持っている者もいた。ただ、竜之介は十手を持たなかった。刀を遣うつもりだったのである。

同心は六人顔をそろえていた。それぞれの与力につく手付同心が三人、御頭の横田につく頭付同心が三人である。手付同心は五人くわわることになっていたが、風間と渋川繁太郎《しぶかわしげたろう》という同心はいなかった。先に深川へ出向き、集まっているであろう手先たちの指揮をとる手筈になっていたのだ。

同心の装束は小袖《こそで》にたっつけ袴で、手甲をつけていた。鉢巻き襷《たすき》掛けで、紺足袋に草鞋履きだった。二刀を帯びているが、十手を手にしている者が多かった。

与力と同心の顔は、いずれもけわしかった。これから、江戸中を震え上がらせた凶賊一味を捕縛するために深川にむかうのである。取り逃がしは許されない。緊張して当然であろう。

捕方たちは、三十人余がいた。与力、同心の手先たち、それに横田家に仕える小者、中間、それに若党たちである。捕方たちは、さらに増えるはずだった。与力、同心の手先の多くは横田屋敷には集まらず、直接深川へむかっているのである。

集まった捕方たちは小袖を裾高に尻《しり》っ端折《ぱしょ》りし、股引《ももひき》に草鞋掛けだった。向こう鉢巻きで襷掛け、手甲、脚半《きゃはん》姿である。

手に手に六尺棒や十手を持ち、なかには突棒《つくぼう》、袖搦《そでがらみ》、刺股《さすまた》など長柄の捕具を手にしている者もいた。また、辺りが暗いため、火の入った提灯《ちょうちん》をかざしている者もいる。捕方たちも、緊張と興奮で顔をこわばらせていた。

一同が庭に集まったところで、横田が姿を見せた。横田の扮装《いでたち》は、金紋付き黒漆塗りの陣笠、胸当、火事羽織に野袴で草鞋掛けである。手にしているのは、小鍔《こつば》付きの真鍮《しんちゅう》製銀流しの十手で、握り柄《つか》は鮫皮《さめがわ》巻だった。

横田は捕方一同を見まわし、ひとつうなずいた後、

「頭目以下四人、ひとりも逃すな」

と声をかけ、ただちに出立するよう命じた。

横田の後に竜之介をはじめとする五人の与力がつき、同心、さらに捕方たちがつづいた。横田屋敷から出た一隊は、掘割沿いの道を歩き、桟橋につないである八艘《そう》の猪牙《ちょき》舟《ぶね》に乗り込んだ。

まだ、夜は明けていなかった。掘割は夜陰につつまれている。それでも、月明かりと捕方の手にした提灯の明かりで、舟は掘割を進むことができた。

掘割から大川に出た八艘の舟は大川をすこし溯《さかのぼ》り、石川島の脇を過ぎてから水押《みお》しを深川方面にむけた。

大川は夜の帳《とばり》につつまれ、船影はなかった。東の空がかすかに明らんできたが、まだ辺りは夜陰につつまれている。聞こえてくるのは、川の流れの音と水押しが川面《かわも》を切る水音だけである。

一隊の乗る舟は大川を横切り、熊井町の夜陰に沈んだ家並を左手に見ながら、掘割に入った。そして、掘割にかかる大島橋をくぐり、八幡橋が前方に見えてきたところで、水押しを左手の桟橋にむけた。

桟橋に数人の人影があった。渋川と手先たちだった。手招きしている。舟を着ける場所を確保しておいたようだ。

竜之介は舟から桟橋に飛び下りると、

「渋川、どうだ、様子は」

と、すぐに訊《き》いた。甚蔵以下四人の賊が、それぞれの隠れ家にいるかどうか気になっていたのだ。

「四人とも塒にいるようです」

渋川がはっきりと答えた。

次々に舟が桟橋に着き、横田以下与力、同心、捕方たちが桟橋に下り立ち、さらに堀沿いの道へ移動した。

それぞれの舟から、捕方たちが桟橋に下りたのを見て、

「まいろう」

と横田が小声で、竜之介に声をかけた。

竜之介は捕方たちに目をむけ、

「行くぞ！」

と声を上げ、先頭にたって黒江町にむかった。

6

八幡橋のたもとに、風間とさらに数人の手先がいた。

「様子は、どうだ」

竜之介が、風間に訊いた。

「変わった様子はありません。船吉と三笠屋の者たちは寝込んでいるらしく、ひっそりとしています」

風間も緊張しているらしく、声がすこし昂《たかぶ》っていた。

「よし、手筈《てはず》どおりだ」

竜之介は先にたって、橋のたもとを右手にまがった。

そこは、富ケ岡八幡宮の門前通りである。ふだんは賑わっている通りも、いまは人影がなかった。通り沿いに軒を連ねる料理屋や料理茶屋なども、夜の帳《とばり》のなかにひっそりと寝静まっている。

ただ、東の空がわずかに曙色《あけぼのいろ》に染まり、上空はいくぶん青みを帯び、星もかがやきを失ってきたようだ。通り沿いの家々も、その黒い輪郭がはっきり識別できるようになっている。

捕方の一隊は、人影のない表通りを小走りに東にむかった。いっとき進むと、前方に一ノ鳥居が見えてきた。

竜之介は前方に三笠屋が見えてきたところで足をとめた。一隊も立ちどまり、横田と与力たちが捕方たちの前に出た。

「権田《ごんだ》、田倉《たくら》、先に行け！」

横田が命じた。

権田源兵衛《げんべえ》と田倉牧之助《まきのすけ》も、召捕・廻り方の与力である。ふたりで捕方たちを指揮して入船町へ出向き、暗闇の峰造を捕らえることになっていたのだ。すでに、ふたりの手先が入船町に先行し、長十郎店を見張っているはずである。

「ハッ」

と権田が応《こた》え、ふたりの与力は同心ふたりと十数人の捕方をしたがえて、その場から小走りに東にむかった。入船町が三か所のなかでは一番遠かったので、権田、田倉隊が先行したのである。

権田、田倉隊が遠ざかったところで、

「われらも、まいろう」

と、横田が脇にひかえていた竜之介に声をかけた。

「船吉に、行くぞ！」

すぐに、竜之介が捕方たちに言った。

竜之介の率いる一隊は、二十数人だった。横田も同行することになっていた。火盗改の御頭として横田は、頭目の甚蔵のいる船吉へ出向き、捕縛の様子をみとどけたいのであろう。

与力は竜之介ひとりだが、同心は四人いた。風間の他に、三人の頭付同心がしたがっている。物々しい布陣といえた。相手は甚蔵ひとりだが、盗賊の頭目である。甚蔵を逃すわけにはいかなかったのだ。

また、三笠屋へは、北沢新三郎と片柳稔蔵の隊がむかうことになっていた。ふたりの与力には同心ふたりがしたがい、捕方は三十人ほどいた。北沢、片柳隊も捕方の人数が多かった。三笠屋には、駒五郎と浜助のふたりがいた。それに、大きな料理屋で奉公人もいるので、捕方の人数を多くしたのである。

竜之介の一隊は、門前通りを山本町へむかった。一ノ鳥居をくぐると、山本町は通りの左手にひろがっている。

淡い夜陰のなかに、船吉の二階建ての店舗が見えてきた。竜之介たちが近付くと、店の脇に人影があらわれた。寅六である。

寅六は竜之介のそばに走り寄ると、

「雲井さま、待ってやした」

と、息をはずませて言った。寅六は昨夜から、船吉を見張っていたのである。

「甚蔵はいるな」

竜之介が訊いた。

「へい、裏手におりやす」

寅六が竜之介に身を寄せ、茂平が裏手にもぐり込んでいやすぜ、と小声で言い添えた。茂平は竜之介の密偵になるまで盗人《ぬすっと》だったので、火盗改の御頭の前で茂平のことを口にするのがはばかられたのであろう。

船吉は夜明け前の静寂につつまれ、物音ひとつしなかった。奉公人は眠り込んでいるようだ。こうした料理屋は夜が遅い。奉公人たちが起きだして店が動きだすのは、陽が高くなってからなのだ。

「裏手には、どう行けばいい」

竜之介は、奉公人たちのいる店のなかを抜けて裏手にまわるのは避けたかった。騒ぎが大きくなると、裏の別棟に行く前に甚蔵が気付いて姿を消す恐れがあったのだ。

「脇のくぐりから行けやす。……いつでも、入《へえ》れるようにあけてありやすぜ」

寅六によると、裏手にもぐり込んでいる茂平が内側からくぐり戸の心張り棒を外して、戸があくようになっているという。

「さすが、茂平だ」

役にたつ男だ、と竜之介は思った。

「入りやすか」

寅六が訊いた。

「そろそろだな」

竜之介は、東の空に目をやった。

曙色がひろがり、だいぶ明るくなっていた。上空も青さを増し、町筋はほんのりと白んできていた。これだけ明るくなれば、提灯《ちょうちん》の灯を頼らずとも家のなかに踏み込めるだろう。竜之介が、横田に目をやると、行け、というふうにちいさくうなずいた。

竜之介は捕方《とりかた》たちに手で合図し、店の脇のくぐり戸にむかった。横田と捕方たちがつづく。

寅六がくぐり戸を引くと、簡単にあいた。竜之介たちはくぐり戸から入り、店舗の脇を通って裏手にむかった。

裏手の別棟は、数寄屋《すきや》ふうの造りだった。表の店の脇から戸口まで飛び石があり、家の前はつつじ、紅葉、槙《まき》などの緑につつまれていた。台所の他に三部屋ほどあるだろうか。隠居所としては、ひろい住居である。

竜之介たちは、足音を忍ばせ息をつめて、家の戸口に集まった。洒落《しゃれ》た格子戸だった。店として使っていたときの造りのままなのであろう。

竜之介が戸口の前に立ったとき、ふいに脇のつつじの植え込みが揺れて人影があらわれた。茂平である。茂平は紺の半纏《はんてん》に茶の股引《ももひき》姿だった。家屋敷に侵入するときの扮装《いでたち》ではなかったが、闇に溶ける身装《なり》である。茂平も、さすがに盗人を思わせる恰好はできなかったようだ。

「雲井さま、甚蔵は奥の寝間におりやす」

茂平によると、寝間には、妾のお富もいっしょにいるらしいという。他に奉公人はいないそうだ。日中は女中がいるが、夕餉《ゆうげ》の支度を終えると、帰るそうである。

「裏手からも、出入りできるのか」

「へい」

「まず、裏手をかためよう」

竜之介は、風間に何人か捕方を連れて裏口をかためるよう指示した。

風間は無言でうなずき、捕方を七人連れて裏手にまわった。風間たちの姿が家の脇にまわったとき、

「御頭、踏み込みます」

と、竜之介が横田に言った。

横田は戸口の正面からすこし身を引き、枝葉を伸ばした槙の樹陰に立っていた。まわりに、三人の頭付同心がひかえている。

「よし、行け」

横田が低い声で言った。

手をかけて引いたが、戸口の格子戸はあかなかった。内側から心張り棒がかってあるらしい。

7

「ここは、あっしが」

そう言って、茂平が格子戸の前に屈《かが》み込んだ。

茂平は懐から針金を取り出すと、格子戸の隙間から差し込んで動かしていたが、ゴトッ、と音がして戸の向こう側に何か落ち、つづいて土間に棒のような物が転がる音がした。心張り棒がはずれたようだ。

茂平が格子戸に手をかけて引くと、すぐにあいた。思ったとおり、土間に心張り棒が転がっている。

竜之介は、背後にいる捕方たちに手を振って、踏み込む合図を送った。十数人の捕方が、足音を忍ばせて戸口に近寄ってきた。いずれも、獲物に迫る猟犬のような目をしている。念のため、数人の捕方は二手に分かれて家の両脇にまわった。窓や天井裏を伝って、甚蔵が家の外へ逃げ出す恐れがあったのである。

竜之介が踏み込み、捕方たちがつづいた。家のなかは暗かった。それでも、黎明《れいめい》のひかりが家のなかにも射し込み、仄白《ほのじろ》く明らんでいた。上がり框《かまち》やそれにつづく板敷きの間、奥の障子などがぼんやりと識別できる。右手は廊下になっていた。廊下からも奥へ行けるようだ。

物音も話し声もしなかった。深い静寂が家をつつんでいる。甚蔵とお富は、奥の寝間で寝入っているのだろう。

「踏み込め！」

突如、竜之介の声が静寂を破った。

すぐに、竜之介につづいて十人ほどの捕方が板敷きの間に上がり、正面の障子にむかった。廊下へも、三人の捕方が踏み込んだ。ドカドカと床板や廊下を踏む音が家のなかにひびき、家が振動した。

竜之介が正面の障子をあけた。そこに、人影はなかった。居間らしい。正面に長火鉢があり、脇に簞笥《たんす》が置いてあった。

御用だ！

御用！　御用！

捕方たちが一斉に声を上げ、六尺棒や十手を手にして居間に踏み込んだ。いずれも殺気だった目をしている。

右手の奥に、襖《ふすま》がたててあった。奥の部屋につづいているらしい。寝間は、そこかもしれない。

　ガラリ、と竜之介が襖をあけ放った。

　寝間だった。座敷のなかほどに夜具が敷いてあり、隅の衣桁《いこう》には、女物の着物がかけてあった。夜具の脇に男がひとり立ち、その足元に女がうずくまっていた。男は初老だった。顎《あご》に小豆《あずき》粒ほどの黒子《ほくろ》がある。

　甚蔵だった。寝間着姿である。

　女は妾のお富らしい。緋色《ひいろ》の襦袢《じゅばん》がはだけて、胸や太腿《ふともも》があらわになっていた。恐怖に顔をひき攣《つ》らせ、身を激しく顫《ふる》わせている。

「火盗改だ。甚蔵、神妙に縛《ばく》につけい！」

　竜之介が声を上げた。

　右手を腰の刀の柄《つか》に添え、左手で鯉口《こいぐち》を切った。甚蔵が、刃物を持って抵抗すれば、峰打ちをあびせるつもりだった。

　捕方たちが、御用！　御用！　と声を上げ、甚蔵を取り囲むようにまわり込み、六尺棒や十手を前に突き出して身構えた。

「……な、何かの、まちがいでございます。て、てまえは、甚蔵ではございません。隠居の稲兵衛でございます」

　甚蔵が声を震わせて言った。面長の顔が蒼《あお》ざめ、視線が揺れている。寝間着の襟元がひらき、肋骨《ろっこつ》の浮き出た痩《や》せた胸があらわになっている。

「おまえが甚蔵であることは、まちがいない。その顎の黒子が、何よりの証《あかし》だ」

竜之介が言うと、甚蔵はハッとしたように目を剝《む》き、震える指先を黒子に当てて、

「こ、このような黒子だけでは……」

と小声で言って、後じさった。顔がゆがみ、体を激しく顫わせている。

「甚蔵、往生際が悪いぞ。三笠屋と入船町の長十郎店にも捕方が出向き、いまごろ、駒五郎も峰造もお縄を受けているはずだ」

「ちくしょう！」

甚蔵の顔が豹変《ひょうへん》した、目がつり上がり、口を大きくあけて歯を覗《のぞ》かせた。夜叉《やしゃ》を思わせるような憤怒《ふんぬ》の形相だった。押し込み強盗の頭目の本性をあらわしたようである。

甚蔵は、腰をかがめたまま後じさり、板壁の前の小簞笥の上に置いてあった匕首《あいくち》をつかんだ。

「み、皆殺しにしてやる！」

甚蔵が匕首を抜き、いきなり鞘《さや》を捕方のひとりに投げつけた。

「歯向かう気か」

竜之介が抜刀し、刀身を峰に返した。

そのとき、足元にいたお富が、腕を伸ばして甚蔵の寝間着の裾《すそ》をつかみ、「た、助

けて！」と、悲鳴のような声を上げた。

「この女《あま》、どきゃァがれ！」

いきなり、甚蔵がお富を足蹴《あしげ》にした。

ギャッ、と悲鳴を上げて、お富は夜具に倒れ込み、喚《わめ》き声を上げながら畳を這《は》って廊下へ逃げようとした。

ふたりの捕方が、逃げようとするお富の背に飛び付いた。そして、肩を押さえて畳に押し倒した。お富は、ヒイ、ヒイと喉《のど》を裂くような悲鳴を上げている。

甚蔵は手にした匕首を振りかざし、腰をかがめたまま左手に動いた。廊下へ逃げるつもりらしい。

「逃さぬ！」

竜之介は低い八相に構え、すばやく甚蔵の前にまわり込んだ。

甚蔵は逃げ道をふさがれると、

「死ね！」

と叫びざま、匕首を胸の前に構えて体ごとつっ込んできた。

颯《さつ》と、右手に体を寄せざま、竜之介が刀身を横に払った。一瞬の体捌《たいさば》きである。

ドスッ、という皮肉を打つにぶい音がし、甚蔵の上体が折れたように前にかしいだ。

竜之介の峰打ちが、甚蔵の腹を強打したのだ。

よろっ、と甚蔵がよろめき、手にした匕首を落とすと、がっくりと両膝《ひざ》を折った。そして、畳にうずくまり、両手で腹を押さえて苦しげな呻《うめ》き声を上げた。

「縄をかけろ！」

竜之介が声をかけると、近くにいた捕方のふたりが、甚蔵の背後にまわり、すばやく早縄をかけた。

お富にも縄がかけられ、甚蔵とともに横田の前に引き出された。裏手や家のまわりに散った捕方たちも、戸口に集まってきた。

「こやつが、頭目か」

横田が甚蔵を見すえて訊《き》いた。

「頭目の甚蔵でございます」

竜之介が言った。

「悪党面《あくとうづら》をしておる」

そう言うと、横田は集まった捕方たちに視線をまわし、引き上げるぞ、と声をかけた。

そのころ、三笠屋にむかった北沢と片柳隊も、店内にいた駒五郎と浜助を捕らえていた。ただ、浜助は深手を負った。浜助は捕方に取り囲まれると、匕首をふりまわして激しく抵抗した。捕方たちが六尺棒で浜助を殴りつけ、よろめいたところを捕方のひとりが足をかけて浜助を引き倒した。

そこへ、ふたりの捕方が両側から踏み込んで、浜助の体を押さえ付けた。そのとき、浜助はまだ匕首を手にしていた。浜助は何とか捕方の手から逃れようとしてもがき、匕首の切っ先で己の肩から胸にかけて引き裂いてしまったのだ。

浜助は血まみれになったまま後ろ手に縛られ、ひったてられた。

また、長十郎店にいた峰造は、権田と田倉隊の捕方に、長屋の家を取り囲まれると、観念して抵抗せずにお縄を受けた。

甚蔵、駒五郎、浜助、峰造の四人は、捕方たちの手で桟橋から舟に乗せられて築地に連れていかれ、横田屋敷の仮牢に入れられた。その夜、浜助は牢のなかで絶命した。出血多量による死である。

翌朝から、横田と役所詰与力の手で、甚蔵たち三人の吟味が始まった。通常、召捕・廻り方の与力が捕らえてきた下手人は、役所詰与力が吟味するのである。

一方、竜之介は横田屋敷には出向かず、風間とともに市谷の行方を追っていた。市谷を押さえないうちは、押し込み一味との決着がつかないのである。

第六章　斬首の剣

1

竜之介は甚蔵たちを捕らえたその日のうちに、茂平と寅六を市谷の塒《ねぐら》に差し向けた。また、風間にも市谷の塒を見張るよう指示した。竜之介は、甚蔵たちが火盗改に捕縛されたことを市谷が知れば、いったん塒にもどるとみたのである。

市谷の塒は、黒江町の門前通りから離れた掘割沿いにあると聞いていた。船吉や三笠屋は、塒から近かったので、すぐに市谷の耳に入るだろう。

また、竜之介は平十に話して、死んだ又吉の弟の千次を瀬川屋の離れに呼んでこさせた。その後、千次と会っていなかったので、気になっていたのである。

竜之介は千次と顔を合わせると、

「いまでも、又吉の敵を討ちたいか」

と、訊《き》いた。

「へい、兄いの敵を討たねえとあっしの気が収まらねえ」

千次が目を剝いて言った。

「ならば、おれの言うとおりに動け。……いまな、又吉を斬った市谷という牢人《ろうにん》の塒をおれの手先が見張っている。市谷があらわれたら、斬るつもりでいるのだ。又吉の敵を討つためにな」

竜之介は、市谷を捕らえるのはむずかしいとみていた。捕方《とりかた》で取り囲んで刀をふるえない状況に追い込んだとしても、市谷は縄を受ける前に自害するはずである。捕縛しようとすれば、捕方から大勢の犠牲者が出るだろう。それに、竜之介の胸の内には、ひとりの剣客として市谷と勝負した上で、又吉の敵を討ってやりたい気持ちもあったのである。

「おまえも、市谷を討つために手を貸せ」

竜之介が言い添えた。

「わ、分かりやした」

千次が目をひからせて言った。意気込んでいるらしく、顔が紅潮している。

「平十とふたりで、市谷の塒を見張るのだ」

「へい」

「市谷が姿をあらわしたら、まず、おれに知らせろ」

竜之介は、平十がいっしょなら千次にも張り込みができるだろうとみていた。それに、千次の駿足《しゅんそく》は、使い走りに最適である。

「平十、千次を頼んだぞ」

竜之介が平十に顔をむけて言うと、

「承知しやした」

と平十が応《こた》えて、口元に笑みを浮かべた。

竜之介は市谷をただ斬るのではなく、千次にも手伝わせて、いっしょに又吉の敵を討ったことにしてやりたかったのだ。その竜之介の気持ちが、平十にも分かったのである。

平十と千次は、瀬川屋を出た足で黒江町にむかった。

千次が瀬川屋の離れに飛び込んできたのは、千次に市谷の塒の見張りを頼んだ翌日の日没前だった。

「雲井さま、あらわれやした！」

千次は離れの戸口に立って、甲走った声で叫んだ。

「市谷か」

「へ、へい」

千次が肩で息しながら、声をつまらせて言った。顔が紅潮している、走りづめで来たらしい。

「よし、行くぞ」

竜之介は、すぐに刀を腰に差し、千次とともに瀬川屋の離れから出た。

平十は黒江町に出向いていたので、瀬川屋の辰吉《たつきち》という若い船頭に頼んだ。舟を永代橋をくぐった先の相川町の桟橋に着けてもらうつもりだったので、それほど手間はかからないだろう。

舟のなかで、千次が話したことによると、市谷は、ひとりで塒にもどって来たという。千次は平十とともに様子を見ていたが、市谷に家を出る気配がないので、瀬川屋に知らせに走ったという。

「風間の手先もいるのか」

竜之介が訊いた。

「へい、ふたりいやした。あっしと同じように、ひとりが風間さまに知らせに走ったはずでさァ」

そんなやり取りをしているうちに、辰吉の漕《こ》ぐ舟は相川町の桟橋に水押《みお》しをむけた。

左手に相川町の家並がひろがっている。

竜之介と千次が桟橋に下り立つと、

「雲井さま、こっちで」

と言って、千次が先にたった。

竜之介たちは、大川端の通りを下流にむかって数町歩き、左手の大きな通りへ入った。そこは富ヶ岡八幡宮の門前通りへつづく表通りで、行き来するひとの姿も多かった。竜之介たちは表通りをしばらく歩き、八幡橋を渡るとすぐ左手の掘割沿いの路地へ入った。その辺りは黒江町である。

路地沿いには、小体《こてい》な店や仕舞屋《しもたや》などがまばらに建っていたが、通行人の姿はすくなかった。寂しい路地で、空き地や笹藪《ささやぶ》なども目立った。

「雲井さま、あそこの笹藪の陰に平十のとっつァんがいやす」

千次が、小声で言った。いつの間にか、平十のことを、とっつァんと呼んでいる。それだけ、平十に親しみを持ったのであろう。

平十は笹藪の陰から、斜《はす》向かいにある仕舞屋に目をむけていた。そこが、市谷の塒であろうか。平十の他に人影はなかった。茂平と寅六は、平十たちと見張りを交替したのだろう。

平十は竜之介たちが近付くと振り返り、

「市谷は、家にいやす」

と、小声で言った。

「ひとりか」

「へい、市谷だけです」

「風間は？」

「あの、草藪の陰におりやす」

平十が、十間ほど離れた堀沿いの草藪を指差した。そこは丈の高い芒《すすき》や葦《あし》などの群生した地で、仕舞屋をかこった板塀に近かった。

「風間にも、様子を訊いてみよう」

竜之介は、足音を忍ばせて草藪に近付いた。平十と千次が跟《つ》いてくる。

草藪の陰に、三人の男が身を隠していた。風間とふたりの手先らしい。

竜之介たちが近付くと、風間が振り返った。ほっとしたような表情があった。竜之介が姿を見せるのを待っていたのだろう。

「風間、早いではないか」

竜之介は、見張りのひとりが風間に知らせにむかったと千次から聞いていたのだ。

「近くに、手先が女房にやらせているそば屋がありましてね。そこに、待機していましたので」

風間が照れたような顔で言った。

「そうか」

「家にいるのは、市谷ひとりのようです」

「踏み込むか」

竜之介は西の空に目をやった。すでに、陽は西の家並の向こうに沈んでいた。まだ、暮れ六ッ（午後六時）の鐘は鳴らなかったが、草藪の陰には淡い夕闇が忍び寄っている。

「風間、手を貸してくれ」

竜之介は、風間に市谷の背後をかためてもらうつもりだった。市谷の逃走を防ぐためである。

「はい」

風間が顔をけわしくしてうなずいた。

「それからな、おれが後れをとるようなことになったら、手先を連れてこの場は逃げろ。おまえひとりで、捕ろうなどと思うなよ」

竜之介は、風間の腕では市谷を捕らえられないとみたのだ。捕縛しようとすれば、風間も手先たちも、市谷に斬られることになるだろう。

「…………」

風間は何も言わなかった。ちいさく、うなずいただけである。

2

竜之介と風間は、草藪の陰から通りに出ると、ゆっくりとした歩調で仕舞屋に近付いた。平十と千次が後につき、風間のふたりの手先はすこし間をおいて通りへ出た。

家の正面に丸太を立てただけの粗末な木戸門があった。竜之介たちは、木戸門からなかに入った。平十と千次は跟いてきたが、風間の手先は門の脇に足をとめた。門をかためるつもりなのだろう。

竜之介は戸口の前で足をとめ、家のまわりに視線をまわした。闘いの場を探したのである。

……家の脇か。

左手に、狭い庭があった。庭というより空き地である。板塀沿いに柿の木があるだけだった。地面は雑草でおおわれている。すこし足場は悪いが、闘えるような場所はそこしかなかった。

戸口の板戸はしめてあった。ただ、五寸ほどあいたままなので、簡単にあくはずである。戸口に近付くと、家のなかでかすかに物音がした。床板を踏むような音である。市谷がいるようだ。

た。

竜之介は板戸をあけて、土間に踏み込んだ。風間は土間に入らず、戸口に立ってい
た。平十と千次は、すこし離れた場所に身を隠している。

灯《ひ》の色はなく、家のなかは暗かった。床板を踏むような音は聞こえなかった。静寂につつまれている。市谷は、戸口の引き戸をあける音を耳にし、聞き耳を立てて様子を窺《うかが》っているのかもしれない。

「市谷泉十郎、姿を見せろ!」

竜之介が声を上げた。

すると、床板を踏む音がし、正面の障子があいた。障子の向こうの板敷きの間から姿を見せたのは市谷だった。左手に大刀をひっ提げている。

市谷は細い目で竜之介を見つめながら、

「あらわれたな」

と、くぐもったような声で言った。

「市谷、表へ出ろ」

「捕方《とりかた》はどうした。おぬし、ひとりか」

市谷が訊《き》いた。戸口の外にいる風間の姿は見えなかったらしい。

「うぬと、決着をつけるために来た」

「おもしろい」

市谷の薄い唇の端にかすかな嗤《わら》いが浮いた。

だが、その嗤いはすぐに消え、

「他にもいるのか」

と、つぶやくような声で言った。戸口にいる風間に気付いたらしい。

「後ろにいるのは、検分役だ」

「よかろう。甚蔵たちは捕らえられたようだが、おぬしを斬らぬうちは、おれも江戸を離れられぬからな」

市谷は手にした大刀を腰に差しながら言った。市谷は甚蔵たちが捕縛されたことを耳にしたようだ。すぐに逃走しなかったのは、市谷も剣客として竜之介と勝負したい気持ちがあったのだろう。

竜之介は市谷に体をむけたまま後じさり、敷居をまたいで外へ出た。市谷に後ろを見せないようにしたのである。

竜之介は雑草におおわれた空き地に立ち、大きく間合をとって市谷と対峙《たいじ》した。

陽は沈み、西の空が茜色《あかねいろ》の残照に染まっていた。空き地周辺は妙に静かで、淡い残照の色が辺りをつつんでいる。雀色時《すずめいろどき》と呼ばれるころである。

「市谷、うぬほどの腕がありながら、なにゆえ盗賊などにくわわったのだ」

竜之介が訊いた。まだ、抜刀していなかった。右手を刀の柄《つか》に添えたままである。

「剣で、口を糊《のり》することはできんからな」

市谷の目の細いのっぺりした顔が、残照を映じて赤みを帯びている。表情のない顔が、かえって不気味である。

「甚蔵たちといっしょに、地獄へ落ちるがよい」

竜之介は、ゆっくりと抜刀した。

「うぬの首を刎《はね》るのが先だ」

言いざま、市谷も刀を抜いた。

ふたりの間合は、およそ四間。まだ、斬撃の間境《まざかい》からは遠い。

市谷は青眼に構えてからゆっくりとした動きで切っ先を下げ、刀身を右手にむけた。やや腰を沈めている。脛《すね》を払うような構えである。

竜之介は八相に構え、柄を握った両拳《こぶし》を後ろに引いて刀身を寝せた。雲竜の構えである。ふたりとも一度切っ先を合わせ、お互いの構えを見ていたので、何の表情も見せなかった。

ふたりは、すぐに動かなかった。刀身が残照を映じ、赤みを帯びてにぶくひかっている。風間はふたりから離れ、空き地の隅に立っていた。息をつめて、ふたりの動きを見つめている。

平十と千次は、木戸門の近くから竜之介と市谷に目をむけていた。千次は目をつり上げ、体を小刻みに顫《ふる》わせていた。懐に手をつっ込み、呑《の》んできた匕首《あいくち》の柄を握りしめている。竜之介の闘いの様子を見て、飛び込んでいくつもりなのだ。

市谷が、間合をせばめ始めた。ズッ、ズッと足元で音がした。爪先《つまさき》で雑草を分けながら、身を寄せてくる。

そこは足場がよくなかったが、市谷の構えはくずれなかった。刀身も揺れず、淡い残照を映したまま迫ってくる。

竜之介は気を鎮めて、間合を読んでいた。市谷の初太刀は分かっていた。下段のような低い構えから、逆袈裟《けさ》に斬り上げてくるのだ。その初太刀を受けずに、見切ろう、と竜之介は思っていた。そのためには、間合の読みが大事である。

市谷との間合が、しだいにせばまってくる。ふたりの全身に気勢が満ち、剣気が高まってきた。息詰まるような緊張と静寂がふたりをつつみ、時がとまり、音の消えたような感覚にとらわれる。

ふいに、市谷の寄り身がとまった。一足一刀の間境の半歩手前である。

……この間合では、市谷の切っ先はとどかぬ。

と、竜之介は読んだ。

だが、市谷はこの間合から斬り込んでくるのだ。逆袈裟に斬り上げる初太刀を捨て太刀とし、二の太刀で刀身を横に払って首を刎る。それが、市谷の首斬りの太刀だった。

このとき、竜之介の脳裏に、叔父《おじ》の室山が口にした、間積もりが勝負を決するかもしれぬ、との言葉がよぎった。

竜之介は足裏を擦るようにしてすこしずつ身を引いた。下がったのは、わずか五寸ほどである。

市谷は動かなかった。竜之介が下がったことに気付いたはずだが、わずかだったので間合をつめなかったようだ。おそらく、踏み込みを深くするつもりなのであろう。

竜之介は気を鎮めて、市谷の斬撃の起こりを読んでいる。

ピクッ、と市谷の切っ先が動いた。刹那《せつな》、市谷の全身に斬撃の気がはしった。

イヤアッ!

裂帛《れっぱく》の気合が静寂を破り、市谷の体が躍動した。

瞬間、赤い閃光《せんこう》が逆袈裟にはしった。市谷の初太刀である。

竜之介は八相の構えをくずさず、さらに半歩身を引いた。

次の瞬間、市谷が二の太刀を放った。一歩踏み込みざま、刀身を返して横一文字に。

切っ先が、竜之介の首に迫る。

タアッ!

鋭い気合を発し、竜之介が八相から袈裟に斬り下ろした。神速の斬撃である。

横一文字と袈裟。

二筋の閃光が交差した。

次の瞬間、パサッ、と竜之介の着物の右肩が裂けた。市谷の切っ先がとらえたのだ。だが、斬り込みが浅く、着物を裂いただけで横に流れた。竜之介がさらに半歩身を引いたために、間合がわずかに遠くなったのである。

……斬った！

と、竜之介は感知した。

竜之介の手に、敵の皮肉を斬った感触があった。袈裟にふるった竜之介の切っ先が、市谷の右の前腕をとらえたのだ。

市谷が刀身を横に払ったとき、両腕が前に伸びた。その右腕を、竜之介の切っ先がとらえたのである。

ふたりは、ふたたび四間ほどの間合をとって対峙した。

竜之介は八相に、市谷は刀身を下げて切っ先を右手にむけた。市谷の切っ先が、小刻みに震えていた。右の前腕から流れ出た血が手の甲をつたい、赤い筋を引いて流れ落ちている。

のっぺりした市谷の顔がゆがみ、細い目がつり上がっていた。腕を斬られたことで、気が昂《たかぶ》り、強い怒りが胸に衝《つ》き上げてきたらしい。

3

ふたりは、すぐに動かなかった。睨《にら》み合ったまま対峙している。市谷の手から流れ落ちた血が、足元の叢《くさむら》を赤く染めている。

市谷の足元に垂らした刀身の震えが、しだいに激しくなってきた。気の昂りと傷の痛みで体に力が入り、手が震えているのだ。

……市谷を斬れる！

と、竜之介は思った。

竜之介が先に動いた。八相に構えたまま、爪先で地面の雑草を分けるようにして間合をつめていく。

「お、おのれ！」

市谷が震えを帯びた声を上げ、間合をつめ始めた。

ふたりの間合が一気にせばまり、斬撃の気配が高まってきた。ほぼ同時に、ふたりの寄り身がとまった。一足一刀の間境の一歩手前である。

ヤアッ！

突如、市谷が短い気合を発し、つッ、と半歩踏み出した。

刹那、市谷の全身に斬撃の気がはしり、体が躍動した。次の瞬間、逆袈裟に閃光がはしった。

間髪をいれず、竜之介も仕掛けた。

八相から袈裟へ。迅雷の斬撃だった。

キーン、と甲高い金属音がひびき、青火が散って市谷の切っ先が流れた。竜之介の強い斬撃に刀身がはじかれたのだ。市谷の腰がくだけて体勢がくずれ、横一文字に払う二の太刀がふるえなかった。

タアッ！

鋭い気合とともに、竜之介が袈裟に斬り込んだ。袈裟から袈裟へ。稲妻のような閃光がはしった。神速の連続技、雲竜の剣である。

物打《ものうち》（刀身の切っ先より二、三寸下の部分）が、市谷の肩をとらえた。

グワッ、と声を上げ、市谷が身をのけぞらせた。肩から胸にかけて着物が裂け、あらわになった肌から血が迸《ほとばし》り出た。

市谷はよろめいたが、足をとめると、ふたたび刀身を足元に垂らして身構えようとした。が、体が揺れて構えられなかった。噴出した血が、市谷の肩から胸にかけて真っ赤に染めていく。

「うぬの斬首の剣、やぶったぞ」

「ま、まだだ！」

市谷が吼《ほ》えるような声で叫んだ。市谷はひき攣《つ》ったように顔をしかめ、大きく口をあけて歯を覗《のぞ》かせた。憤怒《ふんぬ》に顔を染め、荒い息を吐いている。

そのときだった。木戸門のそばに立って竜之介の闘いの様子を見ていた千次が、いきなり懐から匕首を抜き、市谷にむかって駆け寄ってきた。

「兄いの敵！」

叫びざま、千次は両手に握りしめた匕首を胸の辺りに構え、体ごとつっ込んできた。そして、体当たりするような勢いで、市谷の脇腹に匕首を突き刺した。

市谷は喉《のど》のつまったような呻《うめ》き声を上げ、上半身を後ろに反らせたが、つっ立ったまま動かなかった。

千次と市谷は、体を密着したまま立っていた。市谷の肩先から噴いた血が、千次の顔や胸を赤く染めた。

ゆらっ、と市谷の体が大きく揺れ、その拍子に千次の匕首が抜けた。千次は匕首を手にしたままよたよたと後じさった。千次の顔がひき攣り、激しい興奮で目がつり上がっていた。血に染まった匕首が、ぶるぶると震えている。

市谷は膝《ひざ》を折り、へたり込むように雑草の上に尻餅《しりもち》をついたが倒れなかった。

竜之介が市谷に身を寄せると、

「……ま、まだ、残っている」

市谷が、竜之介に目をむけてつぶやいた。

「何のことだ」

「そ、そう……」

市谷がつづけて何か言いかけたとき、喉から何か突き上げてきたように顎《あご》を突き出した。次の瞬間、がっくりと首が前に落ちて、市谷の体から力が抜けた。

市谷は尻餅をついた恰好のまま動かなくなった。絶命したようである。

……市谷は、何を言いたかったのだ。

そう、と口にしたように聞こえた。竜之介の胸に宗兵衛のことがよぎったが、はたして市谷が宗兵衛のことを言おうとしたのかどうかは分からなかった。

そのとき、竜之介の後ろにいた千次が、

「あ、兄いの敵を討った！」

と、声を震わせて叫んだ。

見ると、千次が血塗《ちまみ》れの匕首を手にしたまま身を顫わせてつっ立っていた。その脇に、平十が立ち、片手を千次の後ろにまわして体を支えてやっていた。千次は興奮して腰がふらついているようだ。

平十の顔に苦笑いが浮いていたが、目には安堵《あんど》と千次のことを気遣うような色があった。平十も千次と行動を共にするうちに、千次に敵を討たせてやりたいという気持ちを持ったのであろう。

「千次、よくやった」

竜之介が声をかけると、

「……………」

千次は口をひき結んだままうなずいた。

風間と木戸門の外にいたふたりの手先が、竜之介たちのそばに近付いてきた。竜之介は風間と目を合わせると、無言でうなずいた。

静かな夕暮れ時だった。叢のなかに立った男たちの姿を淡い夕闇がつつんでいる。


翌朝、竜之介は横田屋敷へ出かけた。市谷を討ち取ったことを横田に報告するためだが、甚蔵たちの吟味の様子を聞きたい気持ちもあった。

竜之介は玄関に近い御指図部屋で横田と対座すると、

「御頭、昨日、市谷泉十郎を始末いたしました」

と切り出し、そのときの様子をかいつまんで話した。

「雲井、よくやったな」

横田の顔に安堵の表情が浮いた。横田も、市谷のことは気になっていたようだ。

「甚蔵たちのお調べは、いかがでしょうか」

竜之介が訊いた。

「拷問《せめ》にかけずに、済むようだ」

横田によると、捕らえられた甚蔵たちは覚悟したのか、隠し立てせずに与力の訊問《じんもん》に答えているという。

「もっとも、いまさら隠してもどうにもならぬからな」

横田の言うとおりだった。すでに、政次も口を割っているし、一味の者がこぞって捕らえられれば、隠しようがないのである。

「ところで、御頭、深谷の宗兵衛のことで甚蔵たちは何か話しましたか」

竜之介は、気になっていることを訊いた。

「そのことだがな。甚蔵も駒五郎も、宗兵衛の行方は知らぬそうだ」

甚蔵たちは、十数年前、押し込み強盗で奪った金は仲間たちで山分けし、今度はお互いどこで顔を合わせても、まったく知らない者同士として振る舞うことを約束して別れたそうである。

その後、甚蔵と駒五郎は江戸を離れてしまったので、宗兵衛や他の仲間がどこでどうしているか、まったく知らないという。

「すると、甚蔵と駒五郎は、十数年前、宗兵衛と別れたきりで会っていないのですか」

竜之介が訊いた。

「そのようだな」

「……………」

やはり、市谷が口にしかけたのは、宗兵衛のことではなかったかもしれない、と竜之介は思った。甚蔵や駒五郎が十数年前に宗兵衛と別れたきり、その後の行方も知らないのに市谷が知っているとは思えなかったのである。ただ、市谷も、甚蔵たちから宗兵衛の噂は耳にしていたであろう。それで、まだ、宗兵衛はどこかに生きているぞ、と言いたかっただけかもしれない。

もしそうなら、竜之介にも宗兵衛はどこかに生きているかもしれないという思いがあったので、市谷が口にした言葉をそれほど気にすることはなかった。

……考えても、仕方がないか。

竜之介は胸の内の疑念をふっ切った。

4

竜之介は身を起こすと、両手を突き上げて大きく伸びをした。瀬川屋の離れの居間である。朝餉《あさげ》を瀬川屋で食べた後、離れにもどって横になっていたのだ。障子が強い陽射しを受けて白くかがやいていた。五ツ半（午前九時）ごろになるのではあるまいか。

……今日は、御徒町に帰るか。

このところ、瀬川屋に寝泊まりする日がつづいていた。そろそろ自邸に帰らねば、家の者も心配するだろう。それに、甚蔵一味の始末もつき、探索にあたっている事件もなかったので、瀬川屋にいる必要はなかった。

竜之介は衣桁《いこう》にかけておいた袴《はかま》を手にした。小袖《こそで》のまま横になっていたので、袴を穿《は》こうと思ったのだ。

そのとき、戸口に近付いてくる足音が聞こえた。ふたりらしい。すぐに、戸口の引き戸があいて、

「雲井さま、おりやすか」

と、平十の声が聞こえた。

「入っていいぞ」

竜之介は、袴の紐をしめながら言った。

框《かまち》から上がる音がし、障子があいて平十が顔をだした。後ろに、もうひとり立っている。

「なんだ、千次もいっしょか」

千次が、首をすくめるように頭を下げ、

「ごめんなすって」

と言って、おずおずと居間に入ってきた。

「どうしたのだ、ふたりそろって」

竜之介は座敷に座りながら言った。

平十と千次は殊勝な顔をして竜之介の前に正座すると、

「雲井さまにお頼みしてえことがあってめえりやした」

と、平十がかしこまって言った。

「なんだ、頼みとは？」

「へ、へい……。千次が又吉の跡を継いで、雲井さまのお役に立ちてえと言いやしてね。あっしから話してくれと言って、きかねえんでさァ。……それで、まァ、ふたりして来たってわけなんで」

平十が声をつまらせながら言った。

「うむ……」

千次は、兄の軽身の又吉に負けない駿足《しゅんそく》や身軽さを持っていた。竜之介は千次も探索に役立つとみていたが、まだ密偵には若いし、すこし軽薄な感じもした。それに、又吉を失ったばかりの母親が、どう思うかも心配だった。

「雲井さま、お願いしやす」

千次が、畳に両手をついて低頭した。

「千次、火盗改の手先は御用聞きとちがうぞ。……御用聞きの親分のように、顔を利かすことなどできないのだ。それに、いつも事件の探索にあたっているわけではない。ふだんは稼業の仕事をしているのだ」

密偵は地味だし、危険な仕事でもあるのだ。

「分かっていやす。あっしは、平十のとっつぁんや茂平兄いのように、悪党の探索をして雲井さまのお役に立ちてえんでさァ」

千次が思いつめたような顔をして言った。

「分かった。しばらく、平十の指図で動いてくれ」

竜之介は、平十にまかせようと思った。それに、平十なら千次の身があぶないような探索はさせないだろう。

「ありがてえ！」

千次が声を上げた。

それからいっときして、千次にかかわる話が一段落すると、

「雲井さま、お縄にした甚蔵たちは吐きやしたか」

と、平十が声をあらためて訊いた。

甚蔵たちを捕らえて五日経っていた、まだ、竜之介は甚蔵たちの吟味の様子を平十に話していなかったのだ。

「吐いたらしいな」

竜之介は、横田に吟味の様子を聞いた二日後、さらに甚蔵たちの吟味にあたった役所詰与力からも話を聞いていた。与力たちによると、捕らえられた三人は観念したらしく、荒船屋と伊東屋に押し込み強盗に入ったときの様子やそれぞれの隠れ家のことなど、問われるままに話したという。

「それで、奪った金は出てきやしたか」

平十が訊いた。千次も竜之介に目をむけている。ふたりとも、甚蔵一味が奪った金のことが気になっていたようだ。無理もない。二店に押し入って、千八百両ほどの金を奪っているのである。

「奪った金のことも吐いたようだ」

与力から聞いた話によると、甚蔵と峰造は分け前のほとんどを瓶《かめ》に入れ、身を隠していた隠居所と長屋の床下に隠していたそうだ。また、駒五郎と浜助はそれぞれ分け前を使い、残りは小簞笥《だんす》のなか、神棚、天井裏などに隠してあったという。ただ、ふたりとも押し込み強盗と気付かれないように派手な使い方はしなかったようで、大半の金は残っていたそうだ。

「隠れ家に金は残っていたのか。惜しいことをしたな」

千次がつぶやいた。

「盗人《ぬすっと》の金を猫糞《ねこばば》して、いっしょに首を刎《はね》られてもいいのか」

「御免こうむりやす」

千次が首をすくめながら言った。

「雲井さま、ちょいと気になることがあるんですがね」

そう言って、平十が竜之介に顔をむけた。

「何が気になる」

「深谷の宗兵衛のことでさァ。……宗兵衛一味は、甚蔵と駒五郎、それに安次郎の三人だけだったんですかい」

平十が声をひそめて訊《き》いた。

「そのようだ」

「てえことは、まだ宗兵衛一味は四人残ってるってことになりやすね」

「うむ……」

竜之介も同じことを考えたが、甚蔵と駒五郎も宗兵衛一味の仲間のことは知らないようだったのだ。

「死んだやつも、いるかもしれねえが、あっしは、まだ宗兵衛は生きているような気がするんですがね」

「生きているかもしれんな」

竜之介は虚空に視線をとめて口をつぐんだ。そのとき、竜之介の胸に、市谷が言いかけた言葉がよぎったが、何も言わなかった。

三人とも黙ったままだったので、座は沈黙につつまれたが、

「考えても、仕方があるまい。宗兵衛は生きていても、江戸にはいないのかもしれん。甚蔵と駒五郎でさえ、宗兵衛のことを知らなかったのだからな」

そう言って、竜之介は立ち上がった。

平十と千次も立ち上がり、

「雲井さま、お出かけですか」

と、平十が訊いた。

「いつまでも、瀬川屋にいるわけにはいかんからな」

「あっしが、お供いたしやす！」

千次が声を上げた。

「おい、おれは家に帰るだけだぞ。おれのことより、千次、鳶《とび》の仕事に行かなくていいのか」

竜之介が窘《たしな》めるように言った。

「へ、へい……」

千次は気のない返事をして肩をすぼめた。

平十はあきれたような顔をして千次に目をむけた。その目には、倅《せがれ》か弟にむけられたような色があった。

本書は、角川文庫のために書き下ろされました。

雲竜《うんりゅう》

火盗改《かとうあらため》鬼《おに》与力《よりき》

鳥羽亮《とばりょう》

角川文庫 17233

平成二十四年一月二十五日　初版発行
平成二十四年三月十五日　三版発行

発行者―井上伸一郎
発行所―株式会社角川書店
東京都千代田区富士見二―十三―三
電話・編集（〇三）三二三八―八五五五
〒一〇二―八〇七八
発売元―株式会社角川グループパブリッシング
東京都千代田区富士見二―十三―三
電話・営業（〇三）三二三八―八五二一
〒一〇二―八一七七
http://www.kadokawa.co.jp
印刷所―旭印刷　製本所―BBC
装幀者―杉浦康平

定価はカバーに明記してあります。

と 7-8　ISBN978-4-04-100100-4　C0193

角川文庫発刊に際して

角川源義

第二次世界大戦の敗北は、軍事力の敗北であった以上に、私たちの若い文化力の敗退であった。私たちの文化が戦争に対して如何に無力であり、単なるあだ花に過ぎなかったかを、私たちは身を以て体験し痛感した。西洋近代文化の摂取にとって、明治以後八十年の歳月は決して短かすぎたとは言えない。にもかかわらず、近代文化の伝統を確立し、自由な批判と柔軟な良識に富む文化層として自らを形成することに私たちは失敗して来た。そしてこれは、各層への文化の普及滲透を任務とする出版人の責任でもあった。

一九四五年以来、私たちは再び振出しに戻り、第一歩から踏み出すことを余儀なくされた。これは大きな不幸ではあるが、反面、これまでの混沌・未熟・歪曲の中にあった我が国の文化に秩序と確たる基礎を齎らすためには絶好の機会でもある。角川書店は、このような祖国の文化的危機にあたり、微力をも顧みず再建の礎石たるべき抱負と決意とをもって出発したが、ここに創立以来の念願を果すべく角川文庫を発刊する。これまで刊行されたあらゆる全集叢書文庫類の長所と短所とを検討し、古今東西の不朽の典籍を、良心的編集のもとに、廉価に、そして書架にふさわしい美本として、多くのひとびとに提供しようとする。しかし私たちは徒らに百科全書的な知識のジレッタントを作ることを目的とせず、あくまで祖国の文化に秩序と再建への道を示し、この文庫を角川書店の栄ある事業として、今後永久に継続発展せしめ、学芸と教養との殿堂として大成せんことを期したい。多くの読書子の愛情ある忠言と支持とによって、この希望と抱負とを完遂せしめられんことを願う。

一九四九年五月三日

角川文庫／鳥羽 亮の本

流想十郎蝴蝶剣《ながれそうじゅうろうこちょうけん》

江戸・本湊町の料理屋に用心棒として住み込む牢人・流想十郎。が、水野忠邦の庶子であり、「蝴蝶斬り」という剣術を操る剣士。母を父に殺されるという過去を背負っている。誰が為に剣を振るうのか!? 書き下ろし。

ISBN 978-4-04-191803-6

角川文庫／鳥羽 亮の本

剣花舞う
流想十郎蝴蝶剣

流想十郎が住み込む料理屋・清洲屋の前で乱闘騒ぎが起こる。襲われた出羽・滝野藩士の田崎十郎太とその姪を助けた想十郎は、滝野藩の藩内抗争に絡む敵討ちの助太刀を求められる。書き下ろしシリーズ第２弾！

ISBN 978-4-04-191804-3